·正青春阅读文丛·

青春纪事

年少的琥珀微光

《读者》（校园版）编辑部 ◎ 编

甘肃文化出版社

图书在版编目（CIP）数据

年少的琥珀微光 /《读者》（校园版）编辑部编. -- 兰州：甘肃文化出版社，2022.11
ISBN 978-7-5490-2544-2

Ⅰ.①年… Ⅱ.①读… Ⅲ.①散文集－中国－当代 Ⅳ.① I267

中国版本图书馆CIP数据核字(2022)第144844号

年少的琥珀微光
NIANSHAO DE HUPO WEIGUANG

《读者》（校园版）编辑部 | 编

总 策 划	宁 恢
策划编辑	李弘毅 南衡山 王 萌
责任编辑	顾 彤
装帧设计	VIOLET

出版发行 | 甘肃文化出版社
网　　址 | http://www.gswenhua.cn
投稿邮箱 | gswenhuapress@163.com
地　　址 | 兰州市城关区曹家巷1号 | 730030（邮编）

营销中心 | 贾 莉　王 俊
电　　话 | 0931-2131306

印　　刷	天津睿和印艺科技有限公司
开　　本	787毫米×1092毫米　1/32
字　　数	200千
印　　张	7.625
插　　页	4
版　　次	2022年11月第1版
印　　次	2022年11月第1次
书　　号	ISBN 978-7-5490-2544-2
定　　价	38.00元

版权所有　违者必究（举报电话：0931-2131306）
（图书如出现印装质量问题，请与我们联系）

目 录

季风吹向大海，去往天空之外　/ 王树霞 001

巴尔扎克与少年的你　/ 黄熙童 007

梨花无言只顾白　/ 潘云贵 012

再见了，我的18岁　/ 叶繁花 016

我做了一个夜航的梦　/ 看排球的人 023

我们路过了一场梅花的盛放　/ 莉莉吴 026

栀子花香里的少年背影　/ 杜艾玲 032

追上那个遥远的背影　/ 毕桂涛 036

青葱岁月，有幸被你照耀　/ 桃 夕 040

我喜欢你是寂静的 / 林　晚 046

你的影子是我的海 / 边　月 050

亲爱的哆啦Ａ梦先生 / 曾林斯 055

少年已走远 / 花落夏 061

五分之一与你 / 有故事的蒋同学 067

我们都是沧海天穹的鱼 / 水坑儿 071

等待归来的栀子花 / 汪　亭 076

十月有一场大雪 / 淡蓝蓝蓝 079

思念一场雪 / 侯兴锋 082

我和你之间，隔了一只橘子 / 多肉姑娘 086

当一切尘埃落定 / 王宇昆 091

为什么我们总爱怀念青春 / 张皓宸 097

天空有鸟飞过 / 饶雪漫 099

一起往有光的地方去 / 艾 润 106

世间美好与你环环相扣 / 简 一 112

我想和你虚度时光 / 玻璃沐沐 117

一张黑白照片 / 安 灿 122

我丑过的十年 / 盒 子 126

年少的琥珀微光 / 刘思佳 130

最好的你、我和我们 / 刘 斌 135

曾有姑娘也如暖阳也如月 / 锥 洛 140

第四封情书 / 言 宴 143

她在我窗边种下向日葵 / 谙幕晓 147

17岁那年夏天的"娃娃头" / 西门媚 150

诗　人 / 申赋渔 154

滑板是一个自由的梦 / GA 160

桐花万里路 / 吴祖丽 164

少年的你 / 李烤鱼 167

你是年少的欢喜 / 柳　似 171

魏　升 / DESERTCHEN 176

刻在留言纸上的青春 / 卜宗晖 181

我的十七岁没有等到回答 / 长欢喜 185

再见，我的西伯利亚理发师 / 陈　澈 188

诗和你仍留在青春里 / 田　密 193

青春里的了不起与对不起 / 闫晓雨 198

弹一首阳光明媚的歌给你 / 甜 茶 202

生命的描线师 / 苏 辛 207

陌路相伴 / 周诗璟 213

你的青春,曾有一场无声对白 / 浮海沉鱼 218

再见,我的大象先生 / 颜 开 223

那些出现在我青春岁月里的人 / 阿莫学长 228

那段没有姓名的时光是青春 / 刘 斌 236

青春里,那场不可小觑的味蕾江湖 / 马海霞 241

季风吹向大海，
去往天空之外。

季风吹向大海,去往天空之外

王树霞

1

我走进教室时,习惯性地望了一眼赵昱的座位,他一如既往地把书本高高举在面前,只露出那双狭长的眼睛。

我总觉得他在看我,于是不自在地理了一下耳边的碎发。走回座位后,才听到他在背诵上节课讲解的诗词。对近视的人来说,真的很容易把错觉当成直觉。

赵昱个子不高,长得也不够白净,但是他有种莫名的自信,觉得自己就是那"看花东陌上,惊动洛阳人"的白玉少年郎,举手投足间,都能引来女生的倾慕与追捧,而至今没有女生向他表白,只是因为她们过于羞涩。这份狂妄使得班上其他男生每天早上都要轮番"踹"他一脚,以此提神醒脑,撒撒起床气,也以免新的一天再次被他气到"无语凝噎"。

其他女生的心思我无从得知,但是赵昱每次戳我后背给我递字条

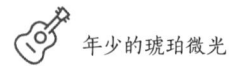
年少的琥珀微光

时,不管是搭讪还是真心求教,我都会洋洋洒洒地写上一大段。我能把他再次回复我的寥寥几个字反复拆解、组合。如果给我一盏烛灯,我甚至会如古人那般,将字条小心翼翼地来回烘烤。

2

我总觉得,他在字条里面想方设法隐藏了不能明说的少年心意。当然,哪怕我的境界已到了看笔迹就能判断出他的心情的程度,最后也不得不相信,那真的只是非常官方的"已阅,谢赐教"。对文艺细胞活跃的人来说,"脑洞"太大真的很容易自作多情。

直到那天我心无旁骛地做着语文试卷时,赵昱突然往我桌上扔了张字条,展开,只见上面写着:夏风满黛山,晓窗听斜雨。盈手挂帘幔,美人弄妆迟——才貌双全诗人赵昱惊世之作。

平仄不够严谨,押韵也很粗糙,还有抄袭古人之嫌。但作为他字迹的资深品鉴师,我一眼就看出里面藏着一句"夏晓盈美"。我第一次没有回他字条,而是用手轻轻捂住绯红的脸颊,忽觉有些美妙的韵律,正层层荡漾在心底。

3

二轮模拟考试后,我正在整理有些凌乱的桌面,一只手伸过来,直接拿走了放在最上面的某本样刊。我抬起头,赵昱正饶有兴趣地翻看着。

"这是你写的文章吗?快让我拜读一下。"他如获至宝地拿着样刊回到座位上。我抱着笔记本走到他身边，在高高的书堆后，歪着脑袋陪他一起看。

他一字一句读得很慢，还不时地和我探讨文章构思。教室熄灯后，他甚至从兜里掏出一个袖珍的手电筒，在微弱的光线中，继续细细品读。

因为戴了眼镜，赵昱看上去有种儒雅的书生意气，收敛了白天的那份张扬不羁，生出一股淡淡的疏离感，显得更加谦谦俊朗，令我移不开眼睛。

大概我们自动屏蔽了周围的喧闹嘈杂，等我们说笑着准备离开时，发现粗心大意的值日生竟把我们锁在了教室里。

4

"你们在干什么！"咆哮声震耳欲聋，教导主任正巧路过，刺穿黑夜的手电筒光束扫在我们脸上。我吓得哆嗦出一身冷汗。

"老师，我们因为学习太投入被锁在里面了，您快请我们班主任来开门吧。"赵昱又摆出那副欠扁的姿态。

教导主任怒气冲冲地去找钥匙，赵昱三步并作两步地跑到窗边，转身向我伸出手："快上来！你从这里出去。"

"那你怎么办？"我欲哭无泪。

"我是个男生，最不需要面子这东西了。"我哆哆嗦嗦地伸出手，他一把将我拽起。我刚踩到对面的镂空矮墙，他便在身后关了窗。那一晚我辗转反侧，他掌心的温度似乎还在，我紧紧握着拳头放在心口，最后迷迷糊糊睡去。

5

第二天,我早早地来到教室,发现他依旧把书本举得高高的。我忐忑不安地坐下,便看到文具盒里夹着一张字条,上面只写了个"妥"字。我这才长长地呼出一口气。不晓得他当时在老师面前怎样巧舌如簧,才换得了现在的风平浪静。

班主任来上课时,也只是嗔怪地白了我一眼,在我身边转悠时说了句:"放学后早点回去睡觉,休息好才最重要。"我有些心虚地点点头。

后来想想,大概那时赵昱的成绩节节高升,而我坐在第一排与学习死磕,这些大家有目共睹,所以才让班主任他老人家放心的吧。

但我没想到,新年后返校,我与赵昱便形同陌路了。起因很简单,寒假时,我以往写给他的字条被他妈妈发现了。上面的话语大大方方、毫无旖旎,但是一个敏感的妈妈从里面嗅到了危险的气息。

6

这是一个非常俗套的故事情节,倘若在任何影视剧里出现,都会引起观众的一片嘘声,但它却是对年少情愫致命的一击。在那段苦闷压抑的岁月里,所有学习之外的心情都必须狠狠克制,它们只能卑微无力地缩在墙角,直至枯萎、凋谢。

我不知道他与他妈妈进行了怎样的交谈,只知道他后来不再把书本高高地举到头顶;每次我进教室时,他都在奋笔疾书。我们再也没有传过字条,甚至偶尔相遇时,都是沉默地擦肩而过。

高考后,我南下,他北上,相隔千里远。我还是忍不住辗转打听到了他的联系方式。在周末,凭着一张火车票,来到他的学校。

第一天,我们默默无言地坐在食堂吃饭,然后在校园里一前一后地走着。他依旧是那副带点儿嘚瑟的姿态,和偶遇的同学打打闹闹,对他们的调侃脸不红心不跳地反击。

可我隐隐觉得,有些东西已经不复存在。随着拘谨懵懂的中学时代远去,它们结束得在我意料之外,却又在情理之中。

7

第二天吃饭时,赵昱突然用开玩笑的语气说:"你文采那么好,帮我写封情书呗。隔壁学院有个女生,长得不错,我想追一追。"

我不慌不忙地吃完饭,用纸巾擦了擦嘴,带着露出八颗牙的完美微笑,说:"术业有专攻,我只钟情于山水风景,实在写不来你与姑娘们的风花雪月。"

这是我唯一一次主动去找他。赵昱所在的大学位于一座海滨城市,我坐在沙滩旁的台阶上放空自己,栈桥上是来来往往素不相识的年轻笑颜。就像季风每年都会如期吹向大海,这座城市每年都会迎来一群朝气蓬勃的面孔。

那他们当中有人是青梅竹马吗?他们是在最美的年纪相遇的吗?我不得而知。他们肯定也无法知晓未来,只是一步步地演绎那些有哭有笑、有牵绊也有释怀的青春故事。

可能我们都长大了,彼时的人生轨道已经岔开很远,谁还会仅仅

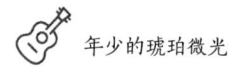

为年少时那段拧巴、晦涩的暗恋而站在原地等待。时间真是个让人猝不及防的神偷,它偷走了曾经单纯却勇敢的我们,直到某一天,那个人已不再是我的少年。

那首附庸风雅的稚嫩藏头诗,那次情急之下的牵手,那些长长短短的字条,纵是唏嘘,也已是手写的从前了。

"假若他日重逢,我将何以贺你?以眼泪,以沉默。"我想,还是以怀念吧。

巴尔扎克与少年的你

黄熙童

头顶的电扇在闷热的教室里咯吱咯吱地摇着头，桌上空白的稿纸被吹起了一角。我并非不会写，我想写的话像汹涌的洪水，只是此刻被一道坚实的大坝截住了。

这节课是班会，老师让我们写一篇关于"理想"的作文。这是个老套的题目，但回想起来，我每次写的内容好像都有所不同。而这一次，站在文理分科的岔路口，我深思熟虑起来。

"我都知道你以后要当什么了，还不动笔，真是少见哦。"他懒散地用手托着脑袋趴在桌上，用略显惊讶的神色望着我。

"可是……"我支吾着。我热爱写作，常常因为突然涌现的奇思妙想而欣喜万分。然而，投的稿十篇中恐怕有九篇都石沉大海，只有一篇被安排在某杂志一个不显眼的角落。即便如此，我仍有着旺盛的表达欲：一有灵感就写，甚至写到凌晨一两点。

我拧开杯子啜了几口，这次想赶走的不是困意。速溶咖啡掠过我的舌尖，灌进喉咙里，只留下单一的甜腻。我的精神高度集中，心扑

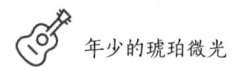
年少的琥珀微光

通扑通跳得很快，我能感觉到内心的洪水愈加澎湃。

但我仍然下不了笔。

"可是，我写得不好。"我望着他，低声说。

"哪有啊，"他歪着头和我对视，"我觉得你写的故事都很有趣，比如刚下课时你还没讲完的梦，我就很想听完。"

我感激地笑了笑，内心的洪水漫上堤坝。他是我的同桌，也是我最忠实的听众。

"快写吧，作家。"他指了指我的稿纸，看我郑重其事地写下第一句话："我想成为一位作家，用笔创造出一个世界。"

我顺利地写满了两张稿纸，这才发现他趴在桌上睡着了。被好奇心驱使着，我凑过去，小心翼翼地从他的抽屉里抽出稿纸，想看看他写了什么。

可以写四百字的稿纸上，他只写了三个字：调香师。他忽地睁开眼，快速把稿纸夺过去，用手捂得严严实实的。

"我都看到啦！"我说，"这确实是个超级有趣又很酷的职业。"

他的理想职业并没有让我觉得意外，他喜欢化学，还有着灵敏的嗅觉。下课铃响了，他把我们的稿纸叠在一起交了上去，仿佛这样老师就不会发现他偷工减料了。

他不擅长文科，正如我不擅长理科，高一的我们被九门学科的繁重任务压得喘不过气来。然而，越是这样，我越需要开辟属于自己的精神世界。

我仍忍不住写，写诗歌、写散文，写那些荒诞离奇的梦境。支撑我的是写作时的几分快乐、看到自己的文章被印成铅字后的几分满足，以及几袋速溶咖啡。

速溶咖啡的味道不算好，但确实能很快地提神。相比之下，我更喜欢咖啡豆研磨成的咖啡粉。某次磨豆子时，我不小心把一些粉末撒了出来，下意识地把它们拢成一堆放进嘴里，意外地发现当我把咖啡粉咽下去时，一种奇特的感觉冲上脑门——那是我喜欢的味道：枯草味、榛果味、焙烤味、泥土味、木质香气和未知的味道混在一起，难以言说。

我曾用透明的密封袋装了一些咖啡粉，神秘兮兮地向他介绍我这个古怪的癖好。在我的推荐下，他拉开袋子嗅了嗅："这像是老家墙脚的气息，又有着大海的气息，也有某种令人又迷恋又不安的危险气味……"

那个下午，我们交流着彼此对这种味道的感受。然后，他不可思议地看着我十分享受地品尝咖啡粉。

后来，我在书上了解到，巴尔扎克为了保持旺盛的创作状态，曾大量饮用黑咖啡，生吞咖啡粉。他曾说："咖啡让灵感纷至沓来，就像一支声势浩大的军队前往传奇的战场，战斗正酣。"

当我把这句话念给他听，想要炫耀自己有当作家的潜质时，他却用理科思维给我分析这种黄嘌呤生物碱化合物的副作用。

我当然知道自己不是巴尔扎克，不会有传奇的人生，只不过咖啡确实能让我提神，让我有精力在学习之余写作，同时它也刺激着我的味蕾，使我在独特的味道中获得欢愉。

高一的生活很快结束了，做了一年同桌的我们毫无悬念地被分到不同的班级。收拾好东西后，他向我告别："想讲故事的时候就随时来六楼找我。"我鼻子有点酸，意识到这个忠实的听众要离我远去了。

教室里，我独自整理着抽屉里的稿纸。忽然，我在一堆稿纸中翻

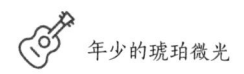
年少的琥珀微光

出了他的一篇文章,题目正是《理想》——老师果然让他重写了。但出乎意料的是,这篇重写的文章用了两页纸。

我像做贼一般,屏息凝神,飞快地浏览着。他说自己留恋气味,想用气味定格记忆。对他来说,气味是疗愈自己的方式,他怀念父母离异前家里旧沙发的气味,怀念奶奶在世时带他去捉虾的那个夏天的气味,也怀念小时候和小伙伴在阳光下打篮球时闻到的气味。他写道:"如果回忆能够具象化,那嗅觉肯定是一架穿越时空的桥梁。"

我连忙把稿纸折起来,暗自感叹这个时常沉默的少年对周遭生活竟有着如此细致的体察。我本想找时间还给他,但做贼心虚的我又不希望这一举动过于刻意,于是有意无意地让它连同我的作品被尘封在储物柜里。

我的教室在三楼,他的教室在六楼,所以我们并没有太多见面的机会。下楼做操时,我们偶尔在楼道里碰到,也只是简单地打个招呼。

我的话好像变少了,咖啡还是照样喝,只不过喝完提起的精神只够我聚精会神地写完堆积如山的习题册了。

一模前的一天,他出现在我的教室外,隔着窗户朝我招手,示意我出去。他显得很高兴,告诉我"选修二"课程结课了,而他通过一学期的学习,制成了一瓶香水,他也因此对自己的职业规划更有信心了。

"你猜是什么味道的?"他笑着看我。

我猛地想起了他的文章,那些真诚又悲伤的文字在我的脑海里迅速浮现。"大白兔奶糖味?橘子汽水味?紫色晚霞味?"为了不暴露我曾看过他写的文章的事实,我随口说了几个视线所及的东西。

"是咖啡味的,送你的。写作没有灵感的时候就闻一闻。"他摊开手,手掌里是一个迷你棕色瓶子,上面写着"巴尔扎克"。

我迫不及待地在手腕上喷了喷。我永远记得那飘忽不定却清晰精确的气味:咖啡味融合了柑橘、月桂、檀香木的气味,有我喜欢的枯草味、榛果味、焙烤味、泥土味……还有少年与梦想的味道。

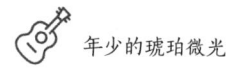年少的琥珀微光

梨花无言只顾白

潘云贵

一个春天的午后,我途经一处废弃的农舍,门外有棵梨树开满了花,朵朵都像前世的雪堆在今生的枝丫上。因为手中的相机已无电量,无法拍下它们,我便遗憾离开。

后来,我又独自去见了那棵梨树,路远林深,带着去见你一样的心情前行。

满枝皆是如云如雪的花束,铺得春天格外清白,人心也被这白色浸染着,好像所有的过去都可以省略,少年又踏春风来,衣襟沾满清清淡淡的忧喜。梨花花期很短,隔了两天,就已无当初那般绚烂的景象,仿佛一瞬间它们便落尽了。

你会看到吗?看不到也没关系,让我替你看到。

我时常在心里感谢你,没有把我暗恋你这件事告诉别人,让它只成为我们的秘密。它如梨花的颜色,在阳光下白得透明。

与你同桌时,最喜欢的是你的性格与心地,其次才是你的样子:白皙的肤色、清秀的眉眼、纤细的手指、假装生气时噘起的嘴。这些

总被我反复识记，还有你嘴角频频洒出的笑声，仿佛能点亮我的未来。

高二分班后，我们不常碰见，但我天天都想看见你，因此连累了别人，也害苦了自己。

找你班上一个同学做朋友，真正的目的却是可以正大光明地去你的教室看看你。有时仅仅坐在教室后面，能看看你的背影我就很开心。有时也会难过，见你不理睬我，只顾跟其他男生聊天、打闹，我就很伤心，整个人像丢了魂一样，连路都走不好。有几次晚上回宿舍，我摔了跟头，膝盖、手肘被磕破，伤口很疼。我忍着，灰溜溜地回到宿舍——这些你当然不知道，我也不想让你知道。

高三时，我从学校搬出，住在附近的小区。有一天，当知道你跟我租住在同一栋楼时，我觉得上天太眷顾自己了。此后，我每天早上都要提早半小时起来，为了在这腾出的半小时里等到你。我把电梯按到你住的楼层，电梯门快关上的瞬间，我又按住，一遍又一遍，直到你出现。

我通过别人了解你的世界，知道你喜欢梨花。春天到来时，我就跑去学校后面的山上，满山遍野地寻找梨花。山上花树绵延，莺莺燕燕，但很难看到一棵梨树。

其实，我以前也没留心过梨树，只知花开为白，仅凭这点我就翻遍后山，终于在一处角落，看见了满树的白花。我兴奋地跑去，折下一枝最好看的，带回去。

下了晚自习，我摸黑到你班上，把花放到你的抽屉里。保安提着手电筒来巡查，我生平第一次钻到讲台底下，全身瑟缩着，心提到了嗓子眼。当时我只有一个想法，如果被抓到，即便被当作小偷，我也

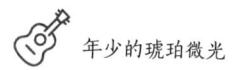

不能提起你，真怕自己的喜欢会给你带去麻烦。

到后来我才知道，那一晚我"视死如归"送出的花并非梨花，而是李花。它们颜色相近，但梨花花瓣洁白丰润，花蕊颜色深，略带点红色，开到快谢时会变成胭脂红；李花的花瓣没有豁口，花蕊颜色较浅，花瓣、叶子都细细小小。你一定能够分辨出来，也一定在看到李花的那个清晨感到困惑，然后偷偷笑出了声。

那些被当作梨花的李花早已在时间的碾压下不见踪影，下次碰到你，我会给你一枝春天里真正的梨花。它们此刻在阳光下盛放，风起，便飘落一些。

从我暗恋你的那一刻算起，到现在，已经十年。高中毕业后，我从没想过有一天自己还能与你再见。所以今年春节在公交站碰到你的瞬间，我整个人如在梦里。

你我对望的刹那，目光已不像从前那样单纯、清澈。我们是两把原本穿在一起的钥匙，分开许久后又碰到一起，发出熟悉又生疏的声响。

我曾经日思夜想我们相逢的情景，我会说什么话，应该如何面对你，我也曾反复练习，但到现实里一一失灵。面对你的转身离去，我能做的也仅是站在原地目送你。

十年前，我暗恋你，但没有告诉你。十年后，依旧如此。

大学毕业后，我们都各自在烦冗的生活里兜转，少年时仿佛能与宇宙抵足而眠的赤子心日渐缩小。有过的时光，仿佛山间流出的清水，淌过无人涉足的角落，喂养出一片湿润的青苔。

此后的一生，我们的时针被一双大手拨快，生命的城池里住满陌生的面孔。他们像云，也像雨，泱泱地来，又匆匆地走。

一个人如果踏上了爱的单程旅途,爱对他来说,便是永远的朝露,是无言,是怀念。

是心上万亩梨花,悄然绽放,再也无法收拢的白。

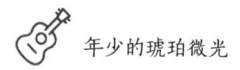 年少的琥珀微光

再见了,我的18岁

叶繁花

"赵以然,你是不是故意气我呢?"办公室里,语文老师手里拿着刚刚下发的月考试卷,咆哮般地质问我。

这种场景似乎在每次考试结束后都会出现一次,我一如既往地低下头,小声说:"不是。"

语文老师大喘着粗气,把我的试卷用力拍在桌子上,发出巨大的响动,质问道:"其他几科成绩都那么好,偏偏语文连及格线都没达到,作文考十几分,你到底是怎么回事啊?"

惭愧必然是有的,但是偏科这种事情又不是我能控制的,此刻我唯一能做的就是低头,再低头,努力让老师看到我认错的态度之诚恳,以此平息她的怒火。

这招果然好用,语文老师没再多说什么,重重地叹了口气,随后从一堆试卷中抽出来一张,声音沙哑地说:"这是2班曾芝芝的试卷,她的作文是全年级最高分,你拿回去学习一下。"说罢,老师恨铁不成钢地摇了摇头。

我没有顾得上去管老师此刻对我的失望，在听到那个名字的一瞬间我抬起头，小心翼翼地接过那张试卷，然后在老师的注视下动作缓慢地往外走。

每个人在学生时代都有一个暗恋的人，而我心中的那个女孩，就是曾芝芝。已经说不清到底是因为喜欢她娟秀的字体和优秀的文笔，还是因为在语文老师办公室见到她时她总会露出虎牙甜甜地笑……总之，在一个平常的午后，下课铃响之后，我坐在座位上瞥见教室外那个小巧的身影，整个人已经心跳加速，不由自主地走出了门。

事情却没有向着我所希望的方向发展，曾芝芝来我们班并不是找我的。我尴尬地走到她面前，随后在她一脸诧异的表情中佯装无事地走向靠近走廊的窗户，在初夏5月做作地说了句"好冷"后关上了窗。

看样子曾芝芝确实是来我们班找人的，陪她一起来的似乎是她的闺密，两个人站在教室门口，旁边的女生一直拉着她似乎想要说些什么。我微微侧身，假装做着广播体操向她们对面的窗户靠近。

女生说："没什么好害羞的，你就说，之前听说过他，想和他交个朋友。"

曾芝芝为难地摇了摇头。

女生继续说："你要是这样的话，可能等到高考结束，你都没办法和他说一句话。"

说着，见曾芝芝依旧害羞地低着头，女生干脆一侧身，对着班级靠门口第一排的同学说了句．"叫一下你们班的徐子阳。"

语毕，还不待里面的人喊徐子阳出来，曾芝芝就红着脸跑开了。

我呆呆地站在原地，目睹了整件事的发生，内心就像突然被倒进

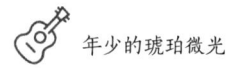

了一盆碎冰似的，冰冰凉凉的。

上课铃声响起，我在老师的喊叫声中回过神来，动作缓慢地走回了教室。

原来曾芝芝喜欢徐子阳。

推测出这个信息后，我整个人像丢了魂一样。我从来没有想过像曾芝芝那样优秀的女孩会喜欢什么样的男生，可当她喜欢徐子阳这个事实摆在我面前的时候，我脑海中唯一回荡着的一句话就是：原来她喜欢的是那样的男生啊——还真是和我截然不同的男生呢。如此想来，我既失落又难过。

那天晚自习结束后，我失魂落魄地往宿舍走，夜里的风伴着校园里初绽的丁香花的香气吹过脸颊和鼻尖。校园里有同学在你追我赶，说说笑笑，我只身一人，每走一步，曾芝芝害羞的模样便在我脑海中电影慢镜头般地重放一遍。莫名地，我竟觉得5月的天有点儿冷。

走进宿舍楼，便听见有人说年级主任抽查抓到了玩手机的同学，随之大批同学争先恐后地跑过去凑热闹。我心不在焉地往宿舍走，直到看见宿舍门口围了一堆人，我才后知后觉，原来那个被年级主任抓到玩手机的人竟然出自我们宿舍。

我拨开拥挤的人群走进宿舍，便看见年级主任正皱着眉头质问徐子阳手机到底是不是他的。

徐子阳挺直了腰板，一副没做错事情的顽固模样。

其实宿舍里的每个人都知道，年级主任手里拿的那部手机就是徐子阳的。那是上个月徐子阳过生日时他妈妈买给他的，当时他还向宿舍里的每个人都炫耀了一把，说那是最新款的苹果手机。

年级主任还在厉声呵斥徐子阳："你别以为不承认我就不知道，

在你床上搜出来的手机还能是别人的？你这两天上课总是迟到，好几次抓到你在课上睡觉，再加上你玩手机，下周一你就站在主席台上给我读承诺书，说你要好好学习，不会再玩手机了。"

这到底不是一件光彩的事情。但对徐子阳来说，这是他犯错误应得的惩罚，没什么好同情的。可不知怎的，我脑海中突然涌现出曾芝芝的面孔，心里一阵阵地疼——如果徐子阳真的站在全校师生面前读承诺书，她看到应该会很难过吧。

"老师，手机是我放在徐子阳床上的。"我一脸镇定地走过去，人群中有人发出了惊呼。然后，我看见徐子阳一脸诧异的表情和年级主任堆叠起来的眉头。

因为没犯过什么错误，在我一本正经地认了错之后，年级主任对我进行了长达一小时的说教后便让我回去了。

其实说来我和徐子阳没什么深厚的感情，因为住在我下铺，徐子阳夜里打游戏、踢床，常常吵得我睡不着觉，加之性格不同，同宿舍一年，我和他基本没说过几句话。可是这次替他认了错以后，徐子阳对我的态度也开始从之前的不理不睬转变为热情似火了。

星期一的体育课上，徐子阳拉着我去操场上打篮球，碰见曾芝芝的时候我紧张得脚步都缓慢了许多。

到底是认识了，见面的那一刻，徐子阳已经熟练地和曾芝芝开起了玩笑。

过了一会儿，徐子阳才想起旁边的我来，开始一本正经地介绍我："这是赵以然，我兄弟。"说罢，徐子阳还夸张地把胳膊搭在我的肩膀上。

曾芝芝礼貌地冲着我笑："我是2班的曾芝芝。"

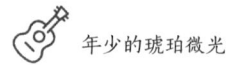年少的琥珀微光

我微微点头,却不知道该说什么好,只是一个劲儿地站在原地傻笑。

那天的篮球赛,徐子阳发挥得很好,投的两个三分球都进了,我站在球场外围远远地看向人群中的曾芝芝,她双目紧紧地盯住徐子阳,一会儿兴高采烈地欢呼,一会儿扯着嗓子大喊"加油",认真得就像在什么了不起的人物的比赛现场一样。

球赛未过半,我拨开拥挤的人群,又远远地望了一眼曾芝芝的方向,然后头也不回地走出了篮球场。

篮球赛赢了,但是徐子阳因为在比赛的最后关头过于紧张崴了脚,被送去了医院。听同学说好像并不严重,只是徐子阳想借此机会在医院多休息几天。听到这里,我想去医院探望他的心思彻底平息了下来。

曾芝芝是在第二天中午放学的时候找到我的,她打完招呼后便递给我一个袋子,说是她上课时记的笔记,让我帮忙拿给徐子阳。

我很失落,突然想起前几天在语文老师办公室的时候,语文老师在她面前批评我,说我作文写得不好,让我多向她学习。转头她便对着我做了个"加油"的姿势,我自然是受到了鼓舞的。只是没想到,几天之后再见面,她竟然已经不记得我了。

这天差地别的待遇让我心里有股怨气在隐隐躁动。

"你找别人拿给他吧,我不去医院。"我声音低沉着说。

"可徐子阳不是说你是他的好兄弟吗?"曾芝芝昂着头,认真地问。

我突然很委屈,很想说那是因为她我才替徐子阳认了错,让他平安无事,和他成了好兄弟。要不是怕她难过,我才不管徐子阳站在全

校师生面前读多少份承诺书呢!

那天好像是夏至,太阳毒辣得像要把人晒掉一层皮一样,曾芝芝不说话,双手捧着装笔记本的袋子递过来,一直等着我接下。最后,我什么也没说,只是面带微笑地接过了袋子,重重地点了点头。

那段时间,曾芝芝几乎每天都来找我,让我把当天的笔记带给徐子阳。我没有告诉她,那些笔记,徐子阳其实一页都没翻过,他的脚早就已经痊愈了,他之所以赖在医院,就是想逃避学习。就这样,每天晚上,曾芝芝来给我她的笔记,我绕过两条街走去医院给徐子阳送完笔记后,再坐公交车回学校。

高考前一个月,徐子阳回到了学校,曾芝芝来找过他几次,问他想考去哪座城市,徐子阳依旧是一副对学习无所谓的态度,说:"随缘。"曾芝芝有些失落,却还是昂着头苦口婆心地让他别太在意落下的功课,继续好好学习,一直到高考。

高考前两天,最后一节课结束后,曾芝芝早早地等在了教室外面,我随着徐子阳的脚步一同出去,曾芝芝跟在我们后面,几次三番地想开口和徐子阳说话,最后都作罢。

走到校门外的时候,曾芝芝朝着徐子阳挥手,然后笑着说了一句:"考试加油。"

后来,高考结束,徐子阳消失在大家的视线中,有人说他已经决定复读了,也有人说他打算读专科。他没找过我,我也没问过他。

曾芝芝考去了上海,繁华的都市,热闹的人群,这样的话,她应该很快就会忘记徐子阳的吧?

而我高考其他科成绩稳定发挥,语文则超常发挥,考了有史以来的最高分。到底是曾芝芝的作文范文看多了,高考作文下笔的时候我

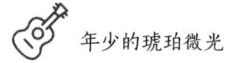

竟然觉得笔尖没那么生涩了。

18岁这一年,我结束了高中的生活,没能和喜欢的女孩并肩走过盛夏的街道,但也算天高路远,我没有在青春的第一站就辜负自己和未来。

此后前路茫茫,再见了,我的18岁;再见了,曾芝芝。

我做了一个夜航的梦

看排球的人

排球少年：

　　你好！一看见你们班的毕业蹭饭图，我就悄悄地寻找你的去处。中山大学！傻眼的我立刻旁敲侧击地问其他同学，通过飞行员考试的你为什么没有去读民航大学？他们说，你觉得自己考得太好了，去当飞行员可惜了。我一边回复着"可惜，从此我国少了一位边开飞机边睡觉的机长"，一边暗暗笑自己，一年多来，我只是做了一个夜航的梦罢了。

　　你是"清北班"里少有的大天下午泡在排球场的家伙，"打球很好的高冷帅哥"的名号也渐渐传入我们班。我也是"清北班"少有的闲人，一天晚饭后散步到了排球场，把名号和你本人联系了起来。从此，我几乎每天都会在晚饭后来到排球场，站在球场边的树下，喝着酸奶，看你们在球场上挥洒汗水。我的目光，在你身上停留得最久。

　　有一段时间，我们两个班一起上体育课。我鼓起勇气向你请教打球技巧之后，你用纯正的泸州口音做了热情的答复。说实话，你说的

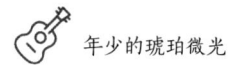
年少的琥珀微光

话我完全没有听明白,我只是在尽力捕捉你的每一个表情。聊了几句之后,我借故跑开了,回味着你极具"反差萌"的口音,偷笑了一个下午。几个星期之后,我成功地在网前拦下了你的扣球。但是,你的扣球下手果然狠,我的小臂麻麻地痛了两天,之后我还是选择以旁观替代上场竞技。

听说你要去考飞行员,我忍痛放弃午睡,去了"招飞"讲座,结果根本未见你的身影。后来才打听清楚,你想考的是民航大学。据说接下来的日子里,你的班主任就经常调侃你:"上物理课可以睡觉,但开飞机时不能睡觉哟。"你在我心中是体育奇才。你足球、排球、乒乓球样样技压全场,但我也记得你在食堂戴着耳机从我身边经过时,咕哝着咒语一样的歌词自嗨;你在物理课上睡觉照样可以凭满分登上光荣榜,但我也喜欢你课间在走廊旁若无人、手舞足蹈地嘀咕说唱。我往往扒在栏杆上,看着你在教学楼对面自娱自乐;我总是在经过你的寝室时偷偷张望,妄想捕获你不修边幅的珍贵画面。

至多可以成为一个你能叫出名字的陌生人的我,不奢求更多了。我唯一的愿望是,多年以后,能偶然乘坐一班你驾驶的航班。几个小时里,你在操控,我在乘坐,这足以弥补我所有的遗憾。

我在高考前刻下印有你名字的橡皮章,并附上为你写的两首诗——《夜航》《排球少年》各一节,悄悄放在你的课桌上。从那之后,我再没有和你打过照面。我觉得,我们也不需要再见一面,等到多年以后你突然读懂了我支支吾吾的诗句,或者偶然看见这封信,你会想起曾有这么一个人天天在场边看你打排球,我就心满意足了。

做一个飞行员或一个飞行员的梦 / 在万物的地图之上夜航 / 当机翼扫过四条指廊 / 就让它轻抚一颗星藏

现在，想到这样一个夜航的愿望终究成了一场梦，我有一些意料之中的、淡淡的遗憾。祝你在人生中永远无忧无虑地飞翔。

看排球的人
2021 年 8 月 10 日

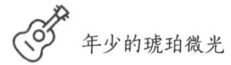

我们路过了一场梅花的盛放

莉莉吴

1

她依然记得自己第一次采访艺术生傅梅堂的场景。

骨相分明的少年,穿着宽大的黑白色校服,黑色的裤脚挽起一截,露出白玉一般的脚踝。他坐在沙发与墙壁形成的逼仄空间中,低垂着头,明明看不清表情,却莫名地让人能察觉到柔软的情绪,像水底的一团青苔。

后来,他站起来,带着温和的笑容与新闻社的学长们打招呼,并按照他们的要求,在礼堂与教学楼前念演讲稿。她举着打光板跑前跑后,望见乳白色的光点落在少年的鼻翼上,竟有些微微愣神,以为自己看见了光之子。

其实她早听说过他的名字,他是才貌俱全的少年,名气如火光一般耀眼。她曾多次在杂志内页上看到他的照片,身姿挺拔,眉目疏朗,脸上的笑容恰到好处,温和亲切,却不媚俗,仿佛事先用尺子测量过。

时至今日,她才真切感受到少年身上的吸引力:不同于镜头下的光芒四射,独处时的少年安静、封闭,由内而外透出一种笃定,让人心惊于他体内蕴藏的能量,愿意毫无怀疑地跟随而去。

拍摄结束后,陪同她前来的学姐姿态自然地上前与少年搭讪。她吃力地扛着器械,汗水顺着刘海滴落到地上。傅梅堂微微侧过头,似是惊讶地望了她一眼。两人的目光一触即分,而天边有大朵大朵的鲸鱼云。

2

她第二次遇见傅梅堂,是在深夜。

她家的麻辣烫店开在路边,30平方米左右的空间,摆了两排桌椅,人出入时必须侧身,以至碗里的食物也透露出窘迫的味道。来这里吃饭的多是附近工地的工人,赤着胳膊,搬着小板凳坐在门口。

因此,当傅梅堂出现时,单薄的身形与这里格格不入。他戴着鸭舌帽,帽檐压得极低,只有在将食材筐递过去称重时,才微微抬头,露出布满血丝的眼睛。

"你是……新闻社的学妹?"傅梅堂极轻地笑了一下,闲话家常,"这是你家开的店?"她点点头,突然有一种莫名的心安。

傅梅堂点的东西极少,几片菜叶,两块鸡胸肉,主食是一小把红薯粉。她偷偷多加了一些肉片,端下去后,却看见傅梅堂将它们挑拣出来,放到了手边的纸巾上。

"我不能吃这些,"察觉到她的目光后,傅梅堂有些不安地解释

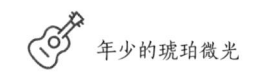

了一句，"我最近要参加几个电影试镜，其中一部短片，需要控制体重。"为了控制体重而节食，男生的声音听起来总不够硬朗。傅梅堂对此心知肚明，因此不再说话，只安静地品尝面前的食物。离开前，他在盘子下多压了10元钱，当作感谢，却没想到，她会直接追出来，问他："我可以陪你参加试镜吗？"

大约是知道自己的请求过于冒昧，她涨红了脸，有些局促地解释道："我很安静的。"

3

傅梅堂最终没有拿到那个角色。

听到这个消息的时候，她正在修改之前拍摄的新闻图，照片中的傅梅堂眼神干净，眉骨微微突起，盛满了春日的温柔。学姐坐在她旁边，用一种隐秘的语气告诉她，傅梅堂试镜失败。

很快，傅梅堂落选的消息传遍整个校园。人们如同闻到血腥味的鲨鱼群，用残忍的、兴奋的语气将关于他的所有传闻一一剖析："仔细看看，他长得也不算特别好看。"

"比他学习成绩好的多了去了，凭什么他可以录制招生宣传片？"

"人家以后是要做大明星的，咱们小老百姓可惹不起。"

直到那时她才发现，人们对于傅梅堂的与众不同一直是抱有嫉妒心的。而这份恶毒的情绪在平日里被悄悄隐藏了起来，宛如深埋地下的火种，只等一声沉闷的惊雷后，才争先恐后地破土而出，变成熊熊燃烧的野火，誓要将少年烧得魂飞魄散。

她有些难过，却又不明白这份悲哀从何而来，只能在夜深人静的时候，将傅梅堂的新闻照修得再干净一些，假装少年自黏稠的目光中走来，不染尘埃。

她没想到会在自家的小店再次遇见傅梅堂。

他看起来比之前瘦了些，两侧的眉骨微微突起，进餐时，可以看见它们微微颤动着，仿佛鼓动的蝶翼。她犹豫许久，终于走过去，问："你愿意和我去一个地方吗？"

4

他们去了后山。

虽然已经是晚春，但山上仍有两株晚开的梅树，泼洒一地的冷香。年幼时，她常常到这里玩耍，梅树的成长拉扯着她的成长，而她的烦恼亦是梅树的烦恼。

"你听说过病梅吗？"

古人以梅曲、欹、疏为美，因此商人们便刻意将梅树如此培育，以卖得高价，而这样的梅花被称作病梅。可是这里的梅树不一样，它们长在深山中，树身笔直，枝干细密，点点梅花缀在枝头，仿佛墨色中的红日，寂静又绚烂。

她喜欢这样的梅树，有时候看久了，会觉得自己也是天地间的一棵梅树，是一株枝干稀疏的病梅。

那些迎合与谄媚是锋利的斧锯，将她的自我一一肢解、重组，而她咬牙忍受这份苦楚，不过是因为她想要成为更好的人。合群比孤僻好，浮夸比沉默好，假笑比落泪好……她一直如此坚信着，直到她遇见了傅梅堂，遇见了这场水中月——月亮也会变成六便士，最后，我

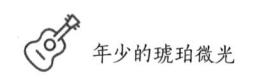

们可以仰望的只有自己的影子。

傅梅堂似乎听懂了她的未尽之意,又仿佛没有,他提起了另一个话题:"下个月我要去北京参加艺考。"

她点头。人人都知道他迟早会走上这条路,这并没有什么好吃惊的。

可是他扭头看着她,眼底却流露出促狭的笑意。"在那之前,我想去医院,把这里……"他指了指自己眉骨的位置,"小小地调整一下。"

她睁大了眼睛。

她没来得及说话,傅梅堂又说:"但是就在刚才,我改变了主意……我不想成为病梅。"

梅是君子树,可是梅并不高洁,高洁的是君子,是人在纷扰的俗世中的选择,是"我与我周旋久,宁作我"。

那一天,两人在树下拍了人生中第一张也是唯一一张合照。她站在傅梅堂身边,微微侧过头看他,而他直视着镜头,神色沉静,眸子亮如星火。

晚春的梅花已经开得将至倾颓,花瓣边缘呈现出些微暗影,仿佛疤痕。

她忽然有一种错觉——这才是真正的梅。

5

一个月后,傅梅堂和其他艺术生一起离校。

离开时,几个年级的学生全部跑出来,在走廊上喊他的名字——

所有人都默契地遗忘了之前的不愉快。天空呈现一种近乎透明的青蓝色，流云飞走，而傅梅堂单手抱着纸箱，另一只手在空中用力地挥舞了两下。风停驻了两秒。

她觉得，那是少年对自己的告别。

说来奇怪，在那天与傅梅堂交谈后，她忽然找到了与人沟通的钥匙，可以不用一味地去附和、讨好他人。相反，她想要报考新闻系，想成为记者，想真正地和人展开交流，因为，"自己变自由之后，与他人的时间才真正开始"。

她也好，傅梅堂也好，他们都路过了一场梅花的盛放……从此，山高水长，处处相逢。

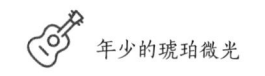

栀子花香里的少年背影

杜艾玲

栀子花香是我关于 12 岁的记忆,站在其中的,是低着头盯着地面不敢说话的少女和一段漫长的暗恋时光。

我初中那会儿是班长兼英语课代表,晚上需要等同学们交齐作业才能走。我一般会拉着同寝室的女孩一起穿过走廊,然后绕很大一圈从办公楼正对面的阶梯教室旁的楼梯走下去。那段楼梯是露天的,有一层半楼高,直直地通到教学楼前面正中间的小花园里。到了五六月,从那段楼梯里走出来,就能闻到栀子花香。

这样的楼梯有两段,我有时候能看见 S 从另一段楼梯上走下来。他的背影在月光下仍然挺拔,月色如霜,伴着清新的栀子花香。夏天的时候,少年穿着白色的校服衬衣,和月光混在一起,直让我觉得整个小花园里都隐藏着淡淡的银白色的光。这景象带着一股芬芳,停留在我心上许多年。

栀子花香里的少年背影,是我为那 3 年所做的标记,被单独存在记忆的某个小小暗格里。

和 S 还没有交集的时候，我整个人很混沌。我不是一个容易说服自己接受他人的逻辑的人。当我耷拉着脑袋听完入学典礼冗长无味的讲话后，所谓的奋发图强就彻底和我绝缘了。我在一切自认为可以睡觉的课上睡觉，不能睡觉的时候，就在教科书上涂鸦，为此语文老师还差点儿撕了我的课本。

最终，班主任忍无可忍，在一次上晚自习时把我叫到办公室谈话。对她的话我有一搭没一搭地听着，她的意思不过是"你现在不学习，以后就没出息"，我昏昏欲睡，心里根本不知道所谓的"出息"是什么。

班主任长叹一口气，跟我说："你怎么说也是班长，班长就要起到带头作用。"我正准备摆出无所谓的表情时，班主任又接着说："你看看隔壁班的 S，他也是班长，人家就以身作则，起到了带头作用。"我一个激灵，睡意全无，甚至还下意识地往 S 他们班班主任办公桌那儿瞄了一眼，看到没有人，才舒了一口气。

那时候我心里的第一反应是：完了，我们的关系被人发现了。

如果 S 知道这件事，一定会面部扭曲地发问："请问我们有什么关系？"

班主任的一句无心的话，成为她和我 3 年谈心过程里最有用的一句话。回教室以后，我怀着一颗莫名虔诚的心把一团乱麻的抽屉收拾得整整齐齐，然后又收拾出几个笔记本，郑重地规划为不同科目的笔记本，顺便把皱巴巴的教科书、辅导书的书页重新捋了几遍，态度端正得像变了一个人。

在进入这所中学的第二年，我终于进入班里好好学习的学生行列。班主任看着我求知若渴的眼睛，对这次谈话显著的效果非常满

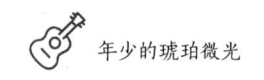

意，如果可以写书，我猜她一定会把这次谈话归入"中学生谈话十大经典案例"。

没有人知道我这是为了 S，更没人知道在班主任提起 S 的时候我心中的喜悦。那是我年少时少有的能够在公共场合和 S 一起出现在谈论中的时刻。我看见的一直是他遥不可及的背影，似乎我再怎么用力往前追，也是追不上的。

我们在某个已经记不清的时刻成了 QQ 好友，我的脸皮也渐渐厚起来，有时候会在 QQ 空间里写一些自己觉得别人看不懂的文章。我以为这很隐秘。直到很多年后我一时兴起打开 QQ 空间，看完一篇以后就再也不敢看下一篇，我的字里行间仿佛都写着一句话：我好喜欢 S。

少女情怀很复杂，既希望他能懂，又希望他永远不懂。但如果他不告诉你他懂不懂，你巴不得天天拿个喇叭坐到他楼下去表明自己的小心思。

2010 年的夏天，中考前我问 S："你想考哪里？"S 骄傲地说："我想读咱们学校高中部的 5 班。"我们学校的高中是以学生中考成绩排位来分班的，班号数字越大的班级，学生排名就越靠前。高一共有 5 个班，因此 5 班是最好的班级。我感到很紧张，知道自己不可能进入 5 班，因为我和 S 差了八九十名。但我想靠他近一点儿，再近一点儿。于是我说："那我想考 4 班。"

从那一年的春天开始，我平生第一次为了一个具体清晰的目标而努力，连周末都憋足了劲。中考前我和 S 站在教学楼朝西的地方一起看了一次夕阳，我忘了我们说了什么，甚至忘了我送了他什么毕业礼物。夕阳的余晖洒在我们身上，白天那些燥热蒸腾的气息仿佛都从我们身上消失了,年轻的脸被染上金黄色。安静地看完日落后,我们沿着楼梯慢慢走回教室,我记得自己脸上一直带着笑容。

中考成绩下来了,我的成绩在意料之中,最终我侥幸进了4班。S的成绩很好,名列前茅,稳稳地上了5班的线,但他最后决定去另一所学校。

又过了3年,高考那天下着大雨,我和S考了同样的试卷,却得到了两个结果。

他没能去梦寐以求的清华大学,我却阴差阳错地踩线进了北京大学,来到了未名湖畔。4年里,我和清华大学隔着一条街,每次从清华大学的西门路过,抬眼就能看到里面葱郁的树木。

我和S渐渐断了联系,甚至连微信也没加。

在许多个迎着风走回家的路上,我想起那段盛开着栀子花的年少岁月,还是不得不承认,我也为那些对方无动于衷的时刻黯然神伤过。

有人说单恋像一场荒诞而自私的独角戏,平淡无奇的少女偏要把另一个人扯进来一起演这场戏,但其实只有一个人乐在其中。

我想,那又有什么关系?S给予我的一切是我人生中最宝贵的一部分。我第一次知道努力的意义,第一次对一个人好而不求回报,第一次发现生命里除了那些可以测量的东西外还有其他动人之处,第一次学会不为了别人的青睐而改变自己,第一次明白什么是不可妥协的,第一次知道梦想的含义,第一次对遥远而不可到达的目的地产生幻想。

我很感谢S,这些年成长路上有他相伴,我很幸运。

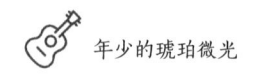

追上那个遥远的背影

毕桂涛

1

我已经忘记自己是从什么时候开始关注宋泽帆的。我只记得他刚来班级的时候,腰板笔直地站在讲台上,还没说话就先涨红了脸,红晕从耳根一直蔓延到眼角,像一不小心触碰到花粉颗粒的花粉过敏症患者。他愣是将自我介绍支支吾吾地演绎成一出喜剧,以至于多数同学还没有听清具体内容,他便以"谢谢"二字结束了。我那时坐在教室的最后一排,只听清了他的名字叫"宋泽帆",挺好听的一个名字。

老师让宋泽帆坐在靠窗倒数第三排的空位上,而那个位置恰好在我右前方45度角处。那节课,我的思绪开始无缘无故地飘忽不定,我来来回回地用余光打量着他的背影,心底悄悄地盛开了一朵未名的花儿。那天,天气非常晴朗,明媚的阳光落在他的头发和脸颊上,间或闪现出模糊的光晕,我感觉到一丝丝来自心底的暖意。

此后的时光里,在课上偷瞄宋泽帆的背影成为我的一个秘密。每当心情烦闷的时候,我都会趴在课桌偏向右方的一角,安静地看着宋泽帆慢条斯理地做作业。通常几分钟后,我就可以慢慢平复有些躁郁的心情。

2

后来我才知道,我家和宋泽帆家只隔了一条街。那天傍晚,云霞与夕阳交相辉映,我背着书包像往常一样,一边沿着街巷步行回家,一边想着明天的随堂测验。前面十字路口的车辆川流不息,红灯在傍晚时分显得愈加醒目,在猛然间抬头看向红绿灯时,我意外地发现走在前面的人好像是宋泽帆。那个男孩将手插进衣兜里,穿着整洁的灰蓝色校服,校服左袖上画着三颗星星,一颗很大,另外两颗较小——这是关于宋泽帆我再熟悉不过的细节。

学校不允许学生在校服上乱涂乱画,但还是有很多人偷偷在上面留下一些独特的符号或图案,宋泽帆也不例外。即便宋泽帆将星星画在隐蔽的左袖肘部内侧,可还是被眼尖的我发现了,所以我也仿照他的画法,在自己的右袖肘部内侧画了三颗星星。那时候的我们年少而懵懂,总会在某个不经意的瞬间燃起一些美好的憧憬,然后在静谧的时光里品咂独属于自己的温馨。而我就是这样的一个女孩。

傍晚的梧桐街上,我和宋泽帆一前一后。虽然只相距几十米,我却不敢再往前迈一步,只能远远地跟在他身后,默默地凝望着那个瘦长的身影。那个时候的我还在想,成语"亦步亦趋"描述的大概就是这个情形吧。宋泽帆在前面时而玩弄路边的细碎石子,时而向沿街的店铺内张望,看看橱窗里又新上了什么商品。我却一直紧紧地跟在他

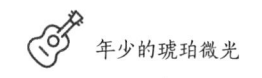

的后面，目不转睛地盯着他蓝色书包上的机器猫。最后，我还硬生生地将紧张的小手攥出一层细汗，像一层薄薄的雾在掌心化为水汽。

3

我没有想到，我和宋泽帆会有这么长的一段同行之路，因为以前我在上学和放学的路上从未见过他。眼看我就快到家了，可他仍旧在前面走着，我该继续跟着，还是就此结束呢？正当我思忖的时候，宋泽帆走进了距离我家只隔着一条街的小区。一眨眼的工夫，他就消失在鳞次栉比的楼宇间，只留下我站在小区门口静静地寻找那个突然消失的背影。"原来宋泽帆住在这里啊！"像在荒凉的沙漠中突然发现了一片绿洲，我欣喜万分，暗暗地期待着下一次与他同行。

翌日清晨，床边的闹钟还没有响起我就醒了，脑海里不断回放着昨天傍晚的场景。于是，我急匆匆地吃过早餐，背起书包就朝隔壁小区跑去。清晨的街道上行人稀少，空气里带着清新的味道。我远远地站在小区门口等待宋泽帆出现，生怕被其他人看到这尴尬的模样。可是那天我始终没有看到他的身影。一连几天，我每天都会比前一天提早5分钟到。直到第四天清晨，宋泽帆终于出现在小区门口。为了与那个高高瘦瘦的身影同行，我似乎用尽了全身的力气。原来，喜欢一个人也是一件很累的事情啊。

我记住了宋泽帆上学的准确时间——每天早晨6点35分，并把它写在日记本扉页的显眼处，作为一个值得纪念的时间。为了那短暂的一路同行，我每天都按时到隔壁小区门口等待宋泽帆。但我从来没有打扰过他，只是静静地跟在他的身后，温柔地望向前面的背影。如果有人问我为什么每天早晨如此兴致勃勃,我想我会含糊地告诉他:"一日之计在于晨嘛!"

那些日子,穿过太平街,走过林荫路,路过咖啡店,我像一只欢快的橘猫,心底开满花朵。这些花朵静静地在偌大的森林里盛开,于是我的性格也逐渐变外向了许多。毕业的时候,盛夏的校园步道上吹来柔软的微风,宋泽帆的影子被太阳拉得很长,我在后面假装若无其事地踩着他影子的一端,脸上漾出一圈圈灿烂的微笑。这大概是我最后一次看到宋泽帆的背影,也是第一次与他距离如此之近。

4

很多时候,我会情不自禁地想起那些难忘的画面,其间的青春回忆掷地有声且充满阳光:我可以在拥挤的食堂里,一眼看到餐桌前的宋泽帆;我可以在运动会上,根据号码牌找到宋泽帆的身影;我可以在剧场茫茫人潮中,凭借自己的感觉望见那个熟悉又陌生的身影……或许世界就是这么奇怪,我和宋泽帆还是在青春的渡口走散了,像夹角即便再小的两条射线,终会愈走愈远。

毕业以后,我在偶然间谈起那个"遥远的背影",宋泽帆竟然瞬间逆转剧情,问道:"你知道我为什么一直没有回过头吗?"我不禁哑然失笑。原来,这个深藏多年的秘密早已被他看透,我却被蒙在鼓里独自欢喜。

如果时光可以倒回学生时代,我想我应该会摒弃自己的怯懦,勇敢地追上那个遥远的身影。因为青春只此一遭,何不面朝大海,看看是否会春暖花开。

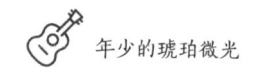

青葱岁月，有幸被你照耀

桃 勿

一

再次听到你的消息是在 4 年后，我在沿海城市读完大学，又在南方小城短暂实习后，兜兜转转，还是回到了这座喧闹的北方城市。正值盛夏时节，这座城市没有聒噪的蝉鸣，也无潮湿的空气。向窗外看去，地面反射着夏日的阳光，让我觉得连记忆都恍惚起来。

一直沉寂的高中群，因为有人提议聚一聚而活跃起来。你少见地在群里回了一句："有时间。"我犹豫许久，将回复删了又打，却在发出去之前删掉了。我害怕自己的回复看起来突兀又怪异。直到现在，我还认为我在高中一直算是异类，哪怕成绩不错，却怪异又孤僻，而你，大概算是我唯一的朋友。

认真算起来我们已经整整 4 年没见过了，其间我刻意忽略你所有的消息，也刻意让自己向前看，忘掉自己曾经是个"怪小孩"，但命运似乎依旧是那个爱捉弄人的小孩，让我遇到你却又不再联系。

你高三转来这个班时，我已经与"怪异"这个词做伴许久。一个人吃饭，一个人完成所有作业，一个人做实验。这在一群连上厕所都要手挽手的女生中格外显眼，我不被别人需要，也觉得自己不需要别人。

你踩着上课铃声和班主任一起走进教室时，我从书中抬头瞟了一眼讲台上笑得很灿烂的你，只觉得被你的青春扎了眼，便匆忙低头继续写自己未抄完的英语单词。

遇见你后我才相信这世界的确有一种人，一出现就将其他人变成陪衬。你站在讲台上，明明是同样土气的蓝白相间的校服，穿在你身上却显得分外惹眼。周围不时传来议论的声音，让我自卑又忌妒。我的高中只能被称为高中，而你的高中却是老师口中重复了无数次的"青春"二字。

我在断断续续的议论声中了解到你从市内有名的国际中学转来，拿过一些奖，加之弹得一手好琴，很快就成了班里的风云人物。不出意外，你这样的人应该永远与我毫无交集。

变化发生在第一次月考后。我看到成绩单上你在我的名字下方，这时才算真正知道了你的姓名。我们班向来是按照排名自己挑选座位，我照例选择了常坐的位置，也做好了自己旁边的座位会空缺到最后的心理准备。正当我整理桌面时，你的声音传了过来："新同桌好。"我心里诧异，却抿紧了嘴唇装作没听见。

本以为你会知难而退，没想到等我整理好桌面，你立刻就将你桌面上的牛奶和橙子推给了我。我转头看向你，被你的笑容晃花了眼，鬼使神差地收了你的礼物。

你在我耳边絮絮叨叨地说牛奶是热好的，最好趁热喝。我装作听

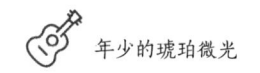

不见。就这样连续说了几个课间,你似乎终于察觉到我的无趣,在晚自习时转头看着我百无聊赖地说道:"我以后是叫你小哑巴,还是小聋子呢?"

你说完的下一秒,我就拧开了你早上给我的牛奶尽数浇到了你白色的外套上,顺便将那颗圆圆的橙子砸到了你身上。在一片哄笑声中,我直视着你诧异而狼狈的表情,然后幼稚地将我们挨在一起的桌子分开了1厘米左右的距离。

我埋头在数学习题中,隔绝周围的窃窃私语,在心里嘲笑自己的过度反应,却又愤愤地想,像你这样的人,永远也不会知道一个绰号如果传得越来越广,会对一个敏感又脆弱的人产生怎样的影响,哪怕这个人伪装得坚强又不近人情。

我坐着等你生气地辱骂,抑或是发泄似的吐槽,没想到你只是脱了外套,捡起了在地上变得脏兮兮的橙子,一句话也没有说。

二

大概是我的安静太具有欺骗性,也可能是你好了伤疤忘了疼,第三天,我再次看到了你放在我桌兜里的牛奶和橙子。不等我把东西退回去,你已经偏头看着我说:"我决定原谅你了。"

我冷笑着无视你的示好,埋头写自己的作业。按你的话说,我就是很不知好歹。

自此,虽然我没有理你,但是你似乎默认我们和好了,再次开启话痨模式。当然,一直是你絮絮叨叨地讲各种事情,我冷眼以对。

后来,你偶尔会指一指习题册上不会做的物理题让我帮忙解答,也经常会在早读的时候纠正我某个英语单词不标准的发音,顺带帮我画画重点。你嫌弃我明明不是"哑巴",除了早读基本不出声。我在字条上写:那也比你是"瘸子"要好,英语满分,物理不及格。

你说"瘸子"和"哑巴"也算是天生一对。我握着那张你回给我的字条愣了很久,最后还是悄悄地将它攥在手心,不敢再打开。

那年冬天的第一场大雪在这座北方城市落下的时候,已经快到年关,我戴着棉手套抱着英语单词书,站在楼道里看班里的同学在雪地里打雪仗,享受第一学期期末最后的狂欢。

看着你也在其中忙前忙后地团雪球,我转身进了教室,没有再出去。那时我再次清晰地意识到我们是不一样的。我在待了将近3年的班里像一个编外人员,而你这个插班生,却迅速融入了集体。

下午活动课时,你突然非常神秘地嘱咐我一定要去楼道透透气。我虽觉得你啰唆但还是走了出去。果然,一出教室,就听到你喊我名字。你穿着灰色羽绒服,在雪地里不住向我挥手,旁边站着半人高的小雪人,脖子上挂着我的红围巾。

"送给你的!可爱吧?"你的声音卷着冬天的冷风扑面而来。我笑你幼稚,心里却感动得要命,一直怕冷的我第一次觉得冬天似乎也不错。

三

第二学期伊始,一直独来独往的我,终于有了一起吃饭的人。向来在教室吃饭的我第一次在食堂坐下,就听到了一个熟悉的称呼:"小结巴,你的英语念成这个样子还能考上一中?"

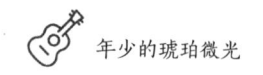

看着那张熟悉的面孔,我只觉得一瞬间血液全都冲向了头顶,只能使劲攥着手上的筷子压抑住喷薄而出的愤怒。

"卑劣!"

聪明如你,一瞬间就明白了对方话语中的恶意。我看到你站了起来,扬着下巴冷眼看着对方。

"嘲笑别人的缺陷很有意思吗?"

你永远不知道那时候站出来维护我的你,是以怎样有力的方式将我从黑暗中拉了出来。

后来我收到了你的道歉信,关于最开始做同桌时给我起外号那件事。这迟来的道歉瞬间让我红了眼眶,随着道歉信一起收到的还有泰戈尔的诗集。

高三第二学期格外短暂。我帮你补习物理,你帮我提高英语成绩。有时我喝着你准备好的牛奶会忍不住想:若是我过去所受的嘲笑都是为了遇见你,似乎也是值得的。

临近高考,学校空出了两节晚自习的时间让各班准备毕业典礼。在一堆敷衍了事的节目中,你在一众同学的帮助下从音乐室搬来了钢琴。我恍惚地看着钢琴后光芒万丈的你,这才知道先前有传言说你弹得一手好琴是真的。

一曲终了,你站起来说:"《第五交响曲》,送给我的同桌。贝多芬能够扼住命运的喉咙,我的同桌那么优秀,已经克服了口吃,就要多说话呀!"

想起来实在是抱歉,那时的我在一阵欢呼声中掩面而逃。我明白你只是想要鼓励我,但我还是恨你不经过我同意就将我从不愿意示人的伤口揭开。而我始终不如你想的那么强大,无法面对自己脆弱的内心。

四

离毕业仅剩一个月，我们又回到了一开始做同桌时的沉默，不过这次，你没有絮絮叨叨。你以很快的速度去了外国留学，而我也选择了一座千里之外的城市读大学，远离过去的种种。

很久之后，当我再翻开你送我的那本诗集，才看到夹了书签的那页上面写着："世界以痛吻我，要我报之以歌。"

耳机里还是熟悉的钢琴曲，我看着窗外的阳光，只觉得这座北方城市与我离开时似乎毫无变化，却又似乎哪里都不一样了。我失神许久，细数过去种种，想起来的人与事，居然都与高中有关，而我的高中，无外乎都与你有关。

你是耀眼的太阳，拥有万丈光芒，而我有幸曾被你照耀。

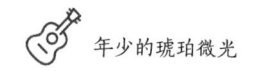

我喜欢你是寂静的

林　晚

1

今天的篮球赛他们班得了第一，隔着厚厚的人墙，我看见他像一个飞起来的巨人远远地投了两个三分球，都进了。

我远离了我们班的同学，混进一群为他加油呐喊的女生中，拼了命地喊着他的名字。天气炽热，他早已汗流浃背，中场休息时，有女生去给他送矿泉水。我紧紧攥着校服兜里那包早就准备好的纸巾，却怎么也没勇气迈出第一步。

篮球比赛结束后，我被我们班的同学孤立了，他们说我是叛徒，不为自己班的男生加油，跑去别的班乱喊一通，还喊得那么大声。我一时语塞，竟找不到半句为自己辩解的话。

2

已经是深秋了。

在餐厅里排队的时候,我远远地望见了他的身影。他正在和旁边的同学说着什么,眉宇间是遮不住的潇洒和帅气。队伍前进的速度越来越慢,他却依旧耐心地站在队伍里等着,不愤怒,也不谩骂,就连脸上也丝毫看不出不开心。我看着他,像是在欣赏一幅举世瞩目的精彩画作,心中升起无限的欣喜。

晚上回宿舍后,我把这个月的零花钱都找了出来。

明天放假,我要出去买一件和他同款的毛衣。

3

今天的雾很大,天上不见半点阳光,我穿着与他同款的黑白相间的毛衣。在凛冽的寒风中穿行时,我不由地裹紧了外套。

走进教学楼,我故意绕路假装路过他们班,巧的是,他刚好从里面出来,身上穿的正是那件毛衣。我松开裹着外套的手,让毛衣显眼地露在外面。我听着自己凌乱而强烈的心跳声,挺直了身板从他面前走过。那一刻,我是那样期待他能喊住我,然后询问我的姓名。可是他没有,他从我身边走过,目光根本不曾落在我的身上。

我任由外套的拉链开着,一口气跑出了教学楼。

外面的天像是被一层白布遮盖着,模糊得看不清远方。雾慢慢散去,风却越刮越剧烈。

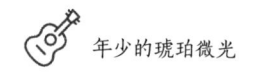

终是要下雪了。

4

今天,学校召开了表彰大会,表彰上学期成绩优秀或是进步明显的同学。

他站在前面,手里拿着证书和笔记本,脸上有笑容。

我站在人群中,目光灼热地望着他。我想,我们终是不一样的,他就像一束耀眼的光芒,无论站在何处,都会被众人羡慕和敬佩的目光捧上云霄,而我不过是芸芸众生中平凡的一粒尘埃,随风飞去,既而飘远,卑微又渺小。

回到班里后,我重新拿出昨天晚上还没做完就被我扔进桌仓的数学试题,然后拿出一沓演算纸,全身心地开始做题。

外面的阳光依旧明媚,微风似有似无地吹进来,吹动着我额前的发丝,也吹醒了我那颗拼搏的心。

5

五一假期结束了,后天要进行模拟考试。晚自习的课间,我像往常一样假装路过他们班。这一次我没有遇见他,但我在他们班里瞥见了他的身影——他应该正在做一道很难的题,演算纸已经叠了厚厚一沓,可他的眉头依旧紧锁。教室里嘈杂的声音丝毫没有打断他的思路,我看见他终于在纸上写出了答案,笑颜绽开。

我离开了那里。

原来越优秀的人真的越努力！回去的路上我这样想着。

浓密的夜色像晨雾一样蔓延开来，我看了看被窝里熟睡的舍友，把习题册从书包里拿出来，伴着台灯微弱的光线开始做题。

6

高考时一直阴着的天，终于在考完的这一天放晴了，彩虹的色彩映着所有高考结束的学生的心情。

我走出考场，背后的书包轻若无物。我走过校园外的栅栏，轻嗅从校园里飘来的花香，远处天高云淡，万里芬芳。

他就在这个时候再一次闯入了我的视线，只是这一次，他的左手边有了一个活泼可爱的女孩，而他脸上宠溺的笑容，是我不曾见过的。我大跨步，像一个勇士似的从他身边走过，仿佛我不曾在日日夜夜里反复默念过他的名字。

说不痛苦那是假的，但我深知，我和他之间注定要走不同的路，此前的相遇，只是青春唯美的邂逅罢了。我依旧感谢那场阳光下的相遇，带着夏日的清香，风也轻柔，云也惬意，让我在日后仍能回忆起那些日子里五味杂陈的心情。我也感谢他的努力与优秀，让我有了前行的方向与动力，不会再有第二个人像他一样，无声无息地在我的青春岁月里活成一束光，一束我不停追逐的光。

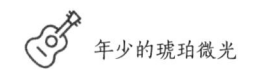

你的影子是我的海

边 月

1

再见到宋岩是在大一的寒假,那年春节,我回了一趟老家。大年夜,我妈邀请楼下的邻居,也就是宋岩他们一家人一起吃饭。

那晚,过年的氛围很足,长辈们有说有笑的,热闹极了。聊着聊着,聊到了宋岩身上,说他已经有了女朋友。席间,只有我默不作声地吃菜。

直到宋岩和他父母离开时,宋岩才开口和我搭话,很客套地问我在大学过得怎么样。我只回了一句"挺好的",就不说话了。他也不再开口。

目送他们离开时,我隐约听见宋岩妈妈问:"宋岩,你和小欢以前关系不是挺好的吗,怎么刚才都不说话?"

就是这句话,让我一下子落下泪来。

2

在十几岁的花季里,我像大多数女孩子一样,沉迷于言情小说。

那时候我就知道,我喜欢的是那种干净阳光的白衣少年。即使生活在这座贫穷的边陲小城,我也一直没有改变我的想法。

宋岩就是在这时候闯入我的生活的。

那时候我刚上高中,不太适应,而且学习任务比较重,每天写作业都会到很晚。

那天,我照常写作业时,突然听到楼下传来了声音。那是乐器的声音,很有节奏,悦耳动听。但那时候我不知道是钢琴声,因为我还没见过钢琴。

说实话,虽然那首曲子很好听,但是吵到我写作业了,我就不能忍。于是,半小时后,我跑下楼敲了门,开门的是个男孩。

他穿着一件白T恤,看上去白白净净的。

我用还算温柔的语气跟他说了这件事,他向我道歉,并约定晚上11点之后不会再弹琴。

后来问了母亲,我才知道他们是新搬来的住户。而那个弹钢琴的男孩,叫宋岩。

3

知道宋岩会转到我们一中时,我欣喜万分。

不过,我那时从未想过,宋岩一出场,就成了学校的风云人物。

年少的琥珀微光

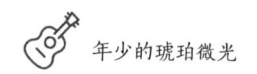

再一次遇见他，是在学校的元旦晚会上，他自己带了一套手卷钢琴，现场表演。

弹的依旧是那首曲子。

安静得只剩琴声的礼堂里，我听见旁边的同学轻声说："这首曲子的名字叫《卡农》。"

那晚我上网搜了这首曲子，在评论区看到一条很火的评论："我好像听到了失望、绝望，又开始有了希望。"

就像残酷的现实消解了往日的种种之后，又在荒芜贫瘠的土地上播撒了希望的种子。

对于什么都不懂的我来说，只觉得遥远。

我不是小说里的女主人公，并没有与宋岩做同班同学的运气。但因为住在上下楼，所以我们总是一起回家。

大家一开始发现这件事时，都八卦又羡慕地向我打听。

和所有女生心中的"男神"关系很近，我也隐隐有些得意。

但这份得意没持续多久就被打破了。

因为宋岩身边出现了一个很漂亮的女孩子。

相比之下，很普通的我一下子就被"秒成渣"了。

4

因为经常和宋岩一起回家，我知道了那个女孩是以前和他一起学钢琴的。

说实话，我是羡慕她的。

或许是不甘心，那个夏天，我用攒了两个月的晚餐钱，买了一套

300多元的手卷钢琴，开始了我的钢琴梦。

我瞒着家人，在网上找教学视频。那个手卷钢琴的连音和手感都很差，远没有宋岩的那架钢琴发出的声音好听，但我依旧学了下去。

自学钢琴真的很难，我都不知道自己是怎么学下来的。有很多问题不会，但我没有问宋岩，我不想在他面前表现出笨拙的一面。

只可惜，我真的很倒霉。

有一天晚上，我弹钢琴的时候，被父亲发现了。

后果自然很严重，他骂了一堆我不懂父母赚钱辛苦之类的话，然后，让我在客厅接受惩罚。

大概我真的没什么好运气，上来给我们家送水果的宋岩刚好撞见了这一幕。我当时只想找个地缝钻进去。

更尴尬的是，第二天上学时，宋岩还跟我提起了这件事，自尊心作祟的我一连几天都没跟他说话。

之后，宋岩和那个女孩子走得越来越近，我也有自己的傲气，开始疏远他。再后来，除了一起上学，我们几乎没有其他交集。

其实，我是难过的，我不想看到宋岩和那个女孩在一起。

我们就这样疏远了。

5

高考之后，我怕自己待在家会经常见到宋岩，于是没两天就出去找兼职了。我连宋岩的升学宴都没去。而因为我考得不好，家里就没办升学宴。

所以，大一那年的除夕夜，其实是高考后我们第一次见面。

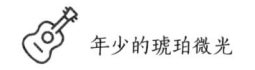

那晚，吃完饭我到楼下散步。

走到街角，我看到二楼的窗户里亮着灯，窗帘上映出一个修长清瘦的身影。

我独自坐在街角，夜色里，树影婆娑。我的左耳里仿佛回荡着潮声，就像汹涌的海浪一遍一遍地涌上了岸。

悠扬的琴声传入耳中，我的脑海里甚至浮现出一个少年坐在房间里，手指在琴键上舞动的画面。少年面色平静，眉宇间萦绕着淡淡的愁绪。

其实那一刻我有点想哭。

我突然想起了很久以前，宋岩第一次弹琴给我听时，他说："你要是喜欢听我弹钢琴，可以随时过来听。"

不会再来了。

我心想。

我戴着耳机，靠在窗边，MP3播放器里循环播放着《你的影子是我的海》。

我不禁回想起那个夏夜，那个少年安静地坐在窗前，他在灯光下投映的身影落在我脚边，如同一片海。

少年在海边弹钢琴，悠扬的琴声仿佛汇成潮声，一遍一遍地回荡在我的耳边。

忽然，少年的身影消失不见。

而赤足踩在潮汐里的我，提起被海水浸湿的裙摆，径自上了岸。

亲爱的哆啦A梦先生

曾林斯

一

我会注意到他,是因为在那个冷得异常的冬日,全班同学都裹得严严实实,唯独他只穿了一件薄薄的蓝色运动衣。我对他的面容是完全陌生的,因为我患有严重的脸盲症。

他背着书包,趴在木头课桌上侧脸浅眠,素净的脸庞上有着婴儿般的天真无邪。这幅画面实在是令人印象深刻,以至于我闭上眼睛都能看得清清楚楚。我发出了一声连我自己也没听到的叹息——唉,也许睡一觉就会忘记他的样子。

我提早醒来了,睡觉的姿势还未来得及改变,就看见他揉着惺忪睡眼,伸了个懒腰,仍背着书包。直到他起身准备出去,也许是去洗手间,也许是远眺绿色风景,他才发觉自己仍背着书包,然后嘴角轻微地上扬,他放下书包,神清气爽地走出教室。

我居然记住了他的那张脸,居然到现在都没有忘记他的样子。

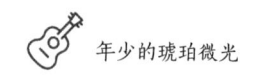

长久以来，我总是对与人对视这件事有着世界末日来临般的恐惧，我所见到的每张脸都会被我忘记，哪怕是与我最亲近的人。

二

我没有去上体育课，而是像一个小偷，偷偷靠近他的座位，他在课桌上信笔涂鸦，哆啦A梦各种搞怪的表情活灵活现。我静静地坐在他的座位上，像他一样，将书包背在背上。

我心里忽然有一种奇异的感觉。书包上还残留着少许他的余温，这让我觉得很温暖。

"这样随便碰别人的东西怕是不好吧？"

我一抬头，惊愕地发现他就站在离我不远的地方。外面骄阳似火，我拉上了深蓝色的窗帘，否则阳光亲吻他脸庞的样子一定很好看。不知道为什么，那个瞬间我觉得他就像动漫里那个拥有万能口袋的哆啦A梦，我暗自给他取了个外号——哆啦A梦先生。

"对……对……对不起……我只是昨天中午看见你这样坐，想感觉一下……我真的没有别的企图……"我低着头，涨红了脸，有点儿语无伦次。

"没事，我只是觉得背着书包睡觉有一种被人拥抱的感觉，你也可以试试看。"他又笑了，左脸颊上有一个小小的酒窝。

后来我就养成了背着书包趴在课桌上午睡的习惯，无论是春夏还是秋冬。

三

我记住了一个背书包睡觉的人的样子，这是一件多么让人啼笑皆非的事情。

更奇怪的是，哆啦A梦先生开始和我熟络起来，并且是他主动和我熟络起来的。我隐隐约约觉得这很诡异。他真的很喜欢画哆啦A梦，他的试卷上、草稿纸上、课本上，甚至手上都画着哆啦A梦。然后他会走过来问我好不好看、喜不喜欢，还说如果我喜欢的话可以送给我。

最让我不解的是他在"女生节"那天送了我一个哆啦A梦的书包。

我是一个不喜欢有心事的人，于是传字条给他，问他为什么对我这么好。

然后，星期五的下午，我们一起去了附近美院的楼顶。凛冽的风仿佛带着锐利的刺直扎皮肤，红色的围巾也包不住我随风飞舞的头发。

"我觉得你是一个比较喜欢听实话的人，你的家人告诉我，我是唯一一个你能记住长相的人，他们拜托我，让你快乐一点儿。不要责怪他们，他们真的很爱你。"

他说这话时，眼睛像清澈的湖泊，没有一丝杂质，仙气腾腾。我觉得我心里某条沉寂很久的河流被唤醒，那是一条往事深处的河流……

"不是，你不是唯一的一个……"

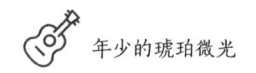

世界突然变得很安静,风从很远很远的地方吹来,从很久很久的以前吹来。

四

"我还记得她的样子。那是我刚上一年级的时候,我去家附近的渔村玩。那里有一个很深的池塘,我就蹲在池塘边用塑料袋捞鱼。我运气真的挺好,每次都能捞到鱼,虽然那些鱼都挺小的。我旁边蹲着一个女孩子,我俩差不多高……"

我的声音开始哽咽。他走过来轻轻地拍我的后背。这是无声的慰藉。

"我高兴地对她说:'你看,我捞了好多条鱼。'我发誓,我绝对没有炫耀的意思,我只是兴奋……"

我觉得胸口有什么在剧烈地撞击。我闭上了眼睛。

寒风呼啸,似乎在告诉我要说下去,只有说出来才能获得重生。

"她倾身子从池塘捞鱼。她的重心突然全部集中在手里的口袋上。然后我听见'扑通'一声,水花溅湿了我的衣裳。她掉下去了,你知道吗,那个瞬间我感觉自己失去了呼吸,失去了重量。看见她在水里挣扎,我愣了一秒,我手抓着栏杆,使劲去拉她,可她沉入了水底。如果,我镇定一点点,有一点点常识,我应该早些大声呼救的,那样也许她不会……"

"这不是你的错。"他的声音夹杂着风的颤抖。我看得出他眼里的真诚。

"不!都是我的错。你知道吗,当她被打捞出来时,是湿漉漉的、僵硬的。她面向我,像在声讨我。我看见她的父母哭得歇斯底里,我看着围着我的人,突然觉得世界一片模糊。然后我妈妈来了,牵着我的手回家,我居然认不出来她。我问她:'你是谁呀?'"

"你是从那时起患上的脸盲症吗?"

"对,我也不知道为什么会告诉你这些。对于你的倾听,我很感激,至少心里舒畅了一点点。"我苦笑道。

"那个小女孩背着书包,书包上有哆啦A梦,对吗?"

我的背僵硬了,我有一种眼前的这个人是天使般的魔鬼的错觉。

"你相信吗,我有一种天生的敏感,我深谙别人内心的感觉。你并不需要感谢我,听这样的故事是我所愿意的。"

我的瞳孔骤然放大。原来所有往事如同鹅卵石,静静地铺在水底。寒风更猛烈了,像打我耳光,又像在嘲笑我。

五

我再一次选择了逃离。

我在新的学校,还是记不住别人的样子,我甚至不知道自己这一生的意义。

一天,我收到哆啦A梦先生寄来的快递。

他在信中说:"哆啦A梦小姐,你还记得我的样子吗?我希望你现在是快乐的。"

里面还有一本画册,满满的都是哆啦A梦。

我泪如雨下,突然觉得哆啦A梦先生的样子真的越来越模糊,那个小女孩的样子我也记不真切了,全世界一片模糊。

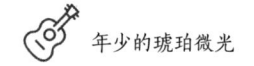

可是，亲爱的哆啦Ａ梦先生，我曾经记得你的样子，我曾经拥有最澄澈的哆啦Ａ梦时光，我能够背着书包取暖，这些我都记得，记不记得你的样子已经不重要了。

少年已走远

花落夏

1

我上初中的那年正值青春期,受到当时风靡的偶像剧的影响,有很长一段时间,我很期待能有一个风度翩翩的男主角光明正大地递给我一封情书,让我在人群中因为得到关注和羡慕而耀眼起来。

或许是想要收到情书的愿望过于强烈,某一天,我真的如愿以偿收到了一封情书。

那天是周一,我昏昏沉沉地来到教室,肩上的书包还没来得及放下,便看见了被压在厚厚一摞书下面的一个浅蓝色信封。只是一瞬间,我觉得肩上的书包突然像变成了翅膀,轻盈得要带着我飞起来。

怀着既期待又紧张的心情,我缓缓坐下,手微微发抖地从书下抽出了那个信封。

周边的同学三三两两地互相借着作业、讨论着数学题,而我什么也不想做,只紧紧地盯着那封我梦寐以求的情书。

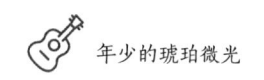

兴奋又紧张的心情并没能维持多久,我打开了情书,最先看到了后面的署名,整个人就像是被迎头泼下一瓢凉水。

我迅速地把情书放进信封,急急忙忙塞进了书包最底层。

2

那的确是封情书,但情书之所以浪漫,是因为一般写情书的都是电视剧里帅气又有才华的男主角。

林子阳显然不是。

他是我们班学习最差、人缘最差、评价最差的男生,在他身上,不仅我,全班同学都找不出一个优点。上次同学们闲聊的时候,我还听见班里的两个女生在谈论他,说像他那样的男生要是喜欢上哪个女生,那个女生也挺惨的。

一节英语课我上得像是丢了魂一般,下课铃一响,我急忙站起身,打算从书包的最底层掏出那封情书去厕所解决掉。这时,我看到了被班主任叫去谈话回来的林子阳。我的心脏像是瞬间被人勒紧了般,我的手在书包里一通乱翻,视线也慌忙地避开。

林子阳看没看到我的窘态我不知道,但他做了一个让我想钻进地洞的动作——他冲着我笑了笑,然后在全班同学面前向我毫不掩饰地挥了挥手!

同学们的目光开始三三两两地向我投过来,我脸上的表情像是被人泼了强力胶水一样僵住了。

我没有理会林子阳,也没有急着出去,而是像木头一样呆呆地杵在了椅子上。窗外有风绕过窗帘拂过我的脸,我低着头,想哭。

3

从那之后，林子阳一直对我献殷勤——给我带早饭，下课来我座位旁边溜达，放学跟在我后面送我回家。但我对他的态度始终是置之不理，更多时候像躲病毒一样躲着他。

那天早晨，我因为要做值日去得很早，到了之后班里没有几个人，后座的女生估计是觉得我去那么早也没吃饭，探着头，拿着一盒饼干善意地问了我一句："李妍，你要不要吃饼干啊？"

我突然有点儿感动，自从林子阳当着全班同学的面向我打招呼，我已经好长一段时间没有和同学说过话了，莫名地，总是感觉同学们会讨厌我。

感谢的话语还没来得及说出口，旁边就有同学一脸坏笑地说了句："哎呀，你不用给李妍饼干，一会儿林子阳会给她带早饭的。"

那个同学的语气还算平和，但我却像被逼到了悬崖边上一样濒临崩溃。恰好这时，林子阳拿着面包和牛奶走到了我的座位旁，我心里有一股不太友善的力量在迅速生长。林子阳笑着把早餐递给我，我没接，只是用眼睛恶狠狠地瞪着他。

时间已经不早了，同学们开始三三两两地踏进教室。我深吸了一口气，用豁出一切的决心对着林子阳说："林子阳，你烦不烦？"

林子阳皱了皱眉头，一脸疑惑。

余光中我看到同学们嘲笑的眼神，我再也顾不上其他的了，带着哭腔一字一句地说："被你这样的人送早餐，我觉得很没面子！"

林子阳僵在了原地，我没有理会，径直坐下，开始旁若无人地看

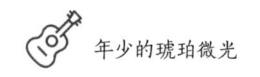

英语书。

同桌告诉我，林子阳把早餐扔进了垃圾桶，然后回座位趴下睡觉了。

听到这里，我没有难过，甚至有点儿开心，心想：他应该不会再来打扰我了，同学们也会渐渐忘掉这段小插曲。

4

事情是从什么时候开始有变化的呢？恐怕要从运动会的报名说起。体育委员连着问了3遍男子长跑有没有人报名，都无人应答。在班级一片寂静的时候，体育委员悄悄走下了讲台，走到林子阳的座位前。

林子阳同意去比赛，我们以为他没睡醒，被体育委员忽悠了。没想到，运动会那天，林子阳竟然跑了个全年级第二，仅次于一个体育特长生。

当林子阳第二个冲向终点线，同学们扯破嗓子喊他名字的时候，我就知道，林子阳在班里的好日子要来了。

在用现实回击了"实验班同学光是文化课好，体育不行"的流言后，不仅我们班同学开始对林子阳刮目相看，就连一直懒得搭理林子阳的其他班同学都一脸笑意地说："没想到林子阳还有运动方面的天赋啊！"

林子阳性格比较内向，对于同学和老师的夸赞，也只是礼貌地笑笑。我突然明白了他人缘不好的原因，并不是他的人品有什么问题，而是他天生就不爱交际。

想到这儿,我对他之前一次又一次给我送早餐的行为有些感动。

5

日子飞一般地过去,林子阳依旧不声不响,却接受了班主任让他去做体育特长生的建议。他每天在体育场和班级两点一线地流转,同学们对他不再有过多消极的评价,甚至有女生在他训练完给他送水。

自上次我说过那些话之后,我和林子阳的交集一直不多,但那封他送给我的情书,我又翻出来反复读了好多遍。

信上他说曾看见我在放学的路上喂流浪猫,觉得我是个善良的女生;看见我在月考失败后在操场的角落里哭,觉得我是个上进的女生;看见我帮同学补习英语语法,觉得我是个乐于助人的女生……

林子阳看见的全是我被人夸赞的优点,可那些我因为班级里的流言蜚语嫌弃他的样子,他没有看见。

我觉得很对不起林子阳。

6

林子阳要去省外训练,听说高考前才会回来。听到这个消息,我心里像堵了一团棉花似的。

那天放学后,我在操场等林子阳训练结束。夕阳打在渐渐黯淡的操场上,林子阳就那样咬着牙披着落日一圈一圈地跑。

看到我,林子阳很惊讶,目光轻轻地扫过我的脸,然后偏过了头,没有接我递过去的水。

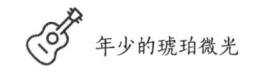

我有些慌乱:"那个,听说你要去省外训练了?"

林子阳点了点头:"对,明天就走。"

我低下头,深吸了一口气,才缓缓地说道:"对不起!"

随之是漫长的沉默。时间像是过去了一个世纪那么长。当我鼓起勇气缓缓抬头去看他时,他也终于正视我的脸。随后他笑了:"其实,真的没关系。"

一时间我不知道该说什么。良久,林子阳又开口了:"过去的事不必放在心上了,好好学习吧,高考加油!"

说完,没等我回应,林子阳就转了身,脚步轻快地走了。

操场上的路灯陆续亮起,昏黄的灯光打在林子阳的身上,他走得很快。傍晚的风微凉,吹进我的眼睛,吹出了泪花,属于我的青春故事慢慢走向了结局……

五分之一与你

有故事的蒋同学

算了一算，你参与了我人生的五分之一。

二〇一六年的夏天，异常燥热，热浪扑面，空气里充满火辣辣的咸腥味。那年，十六岁的我，还在为了繁重的课业，骑着我的小电动车，冒着被太阳烤化的危险，奔波在各个补习班之间。豆大的汗珠一颗颗地从脸颊滑落，一不小心滑过嘴角，留下一点儿咸味。唉，一切都是这个味道。

耳机里播放的还是周杰伦的歌。那个暑假里，我第一次听了他的《告白气球》，从此便无法忘怀。八月十一日，暑假结束那天，当我回味这首歌时，第一次遇见了他。

那是文理分班后的第一天。在有些年头的教学楼里，破旧的空调，即使用尽全力，也只能断断续续地吐出一丝微弱的冷气。穿着时髦的英语老师，让我们做了一套《英语周报》上的听力题。只有两个学生得了满分，一个是我，一个是他。那是我第一次听到他的名字。

我不觉得两条平行的人生轨迹会就此缠绕在一起。可一个月后，

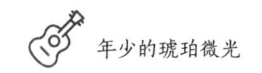

班主任把新的座位表贴在黑板上,让我们照着换座位。一番折腾后,他就坐到了我的前桌。我戳戳他的后背,对他说了第一句话:"垃圾袋能借我一下吗?"他说了声"好的"。这一问一答开启了我和他的互动。我是一个话多的女生,而他沉默寡言。或许他习惯了我的"聒噪",对我的回答,渐渐地从两个字"好的"变成啰啰唆唆的一大段话。吵着,闹着,打着,如同复制一般无聊的日子,渐渐变得不一样了。

在学生时代,在心里埋下一颗小小的与爱有关的种子。只是我们都没留意它在生根、发芽。我不知道是否有一天,我们中的一个人会发现它,愿意让它开出花来。

时间匆匆而过,转眼就到了十二月,继而到了月末。作为宣传委员,我早在一周前,理所当然地承担了元旦晚会的筹备工作。在那一周,我"求爷爷告奶奶",使出浑身解数,也没确定一个节目。在走投无路时,我只好用笔戳他的后背,问:"你元旦晚会能表演节目吗?"他转过头来看着我,冷冰冰地丢了一句:"不能,不想唱。"我不甘心,生气地说:"你不表演,那元旦晚会不就没人表演了吗?你怎么不支持我的工作呢?你不是说过,你是全班最会唱歌的人吗?"我感到他的语气生硬,便失去了气势,委屈巴巴地看着他:"求求你还不行吗?"当时他一定烦透了,不耐烦地问:"你想听什么?"

"《告白气球》吧!"我兴奋地说,甭提心里有多高兴。要知道,请他出马,比请神仙都难。

可是元旦晚会那天,他没唱《告白气球》,唱了一首《安静》。可能是逆反心理吧,处于青春期的我们都有。

"因为水的比热容比沙子大,海水比沙滩的温度变化小。"物理老师每天都念叨的原理，谁都不会在我居住的这座海边小城尝试。风带着湿气，想方设法地往你的领子、衣袖、裤脚和任何一个有缝的地方钻。冬天，最舒服的地方一定是开着空调的房间，最惬意的一定是课间偷偷闭上眼睛回忆昨晚没做完的美梦。

某一天，不知从哪儿来的一阵风吹来了一张卡片，偷偷藏进了他的书里。我还沉浸在来之不易的美梦中，他却回头问我："你知道这张卡片是谁写的吗？上面写着喜欢我。是不是你搞的恶作剧啊？"

"爱是谁是谁，反正不是我！"我不耐烦地回答他，只怪他惊扰了我的好梦。清醒后，我才后知后觉，有人向他表白了。接下来，每个课间我都不停地追问他卡片是谁写的，问他若是知道是谁会怎么样。那一整天，我思绪乱如麻，理都理不清。可是不管我怎么问，他的回答都是"还不知道"。我就像一只热锅上的蚂蚁，焦躁地等待着他的答案，好像我就是那个表白的人。我不知道自己为什么会这样，只是觉得快失去他了。

过了很久，我和朋友聊天时才知道，早在"表白事件"前，我就会因为他开心而开心，不喜欢别人接近他。所有人都看得出来我喜欢他，只有我自己不知道。我也问过他，是什么时候发现我和其他人不一样的。他的回答是："在我愿意和你聊天时，我就发现你不只是烦人，还挺可爱的。"

话说回来，我得感谢向他匿名表白的那个人，我的真心被她和她的卡片彻底唤醒，再也按捺不住了。那天晚上，我向妈妈要回手机，开机后就打开了软件里和他聊天的对话框。

"你知道是谁给你写的卡片了吗？"我又把我们带回了白天的话题。

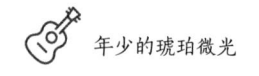

"不知道啊。"

"那你想不想知道？是不是上次那个在电梯里对你笑的学妹写的？"我不停地试探着答案。

"可能吧，谁知道呢？"

"其实……其实……是我写的哦，想不到吧！"我撒谎认领了那张匿名的表白卡片，心里却打着鼓。安静的房间里，我感觉过速的心跳声异常强烈。

"真的吗？你不会是开玩笑的吧。"他半信半疑地问。

"当然是真的啊！要不然还有谁会知道你每天都要翻开那本书呢？"

"你不是开玩笑的吧？"他的字里行间多了一分严肃。

"当然是我！就是我！"我不知道从哪里来的勇气，斩钉截铁地说，像在逼着他给我答案似的。

虽然这只是屏幕上感受不到任何语气的一行字，但是我那颗忐忑不安的心，跳得近乎疯狂。

"从那天起，甜蜜得很轻易……"他轻轻哼唱着，低沉的嗓音就像一颗糖，融化在我的耳朵里，自上而下蔓延，最终甜到了心里。

后来，他常常哼着这首《告白气球》，在他惹我生气的时候，在我过生日而他差点儿忘记的时候……不同的时间，不同的地点，却永远是相同的他和我。

我很少回顾过去，过去的一切，无论是甜蜜的还是痛苦的，都会让人感慨万分。但是这首歌是一个例外，我一次次地回到过去，丈量它响彻了我多长的生命区间。现在它刚好占据了五分之一，和你一样。

我们都是沧海天穹的鱼

水坑儿

1

中考后的那个暑假,我坐在补习班拥挤的空间里热得发昏,又被吱吱嘎嘎的旧风扇吵得耳朵生疼,只好一边艰难地做着题,一边抱怨着天气。

看着试卷被汗水一点点浸湿,我再无心思考。正好这时你走了进来,还带着一瓶我心心念念想喝的冰雪碧。

你看到我时愣了愣,大概是不明白为什么一进教室我就盯着你看。于是你跟老师打了声招呼,顺势坐到我旁边,试探着问我:"嘿,你认识我?"

我真诚地说:"不认识,但是我想买你的雪碧。"

你觉得好笑,把饮料递给我,说:"请你喝,就当交个朋友。"

我没有跟你客气,拿过雪碧一饮而尽,那沁心的冰凉瞬间带走了我一身的燥热。

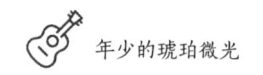

于是我看你越发顺眼，主动与你交谈起来。原来你和我考上了同一所高中，咱俩的家就隔了两条街，我们都养着一条狗，我认识的某某某就是你的表姐，我们的老妈居然在同一个单位上班……

我们小小的世界居然有这么多交点，我们能在此刻相遇，不得不感慨命运奇妙的安排。

女孩子间的友谊迅速建立了起来，我们更是觉得相见恨晚，几乎想把自己的所有讲给对方听。下课的时候，你跟我说："我们现在是最好的朋友啦！"

渐渐地，我们一起回家，一起买冰激凌，一起逛街，一起做题，一起抱怨这恶劣的天气。而更多的时候，是我骑着自行车载你穿过一个又一个小巷，带你爬上老旧的楼房肆无忌惮地疯闹，玩累了买两个冰激凌，吃完送你回家。

那整个夏天是属于我们的，本来在我眼里聒噪、闷热、难言的补习时光，因为你的到来而慢慢变得轻松、愉快起来。

2

暑假的尾巴终于来了，补习班的最后一节课是一场考试，我突然意识到如果不拿一个看得过去的成绩，家里肯定要发生一场无意义的争吵。你知道后拍了拍我的肩膀，认真地说："没事，我给你补习。"

我想，你天天跟我一起玩，哪有时间学习。

可是第二天你给了我一份自己写的复习大纲，我彻底傻眼了。我才发现，亲爱的你除了有趣、善良、漂亮，居然还很聪明。

你真的太聪明了！

你每次看一眼题目就能说出解题思路，好像不听课翻翻书就能知道个大概，该玩就玩，可还比别人考得好，你的照片一直被挂在全校前十的"优秀之星"公告栏里……每次听到有同学议论你漂亮又聪明时，我都会很骄傲地告诉他们："我是她最好的朋友！"

不过幸运没有再次降临到我们身上，我们被分到了不同的班级。那时候的我们还小，满不在乎这样的分班结果，认为感情无关距离，对"我们会一直在一起"这件事从未怀疑过。

教学楼的天台成了我们的秘密基地，一有时间我们就在那里见面，说着私语，分享新班级的趣事，在对方面前百般胡闹。有一次你靠着墙，我靠着你，我问你："你有没有啥梦想啊？"

你看了我一眼，又抬头看着天空，说："有啊，环游世界。"

"唉，这梦想好不切实际啊！"

你在我额头上弹了一下，嗔怪道："有你这样的吗？不为我加油鼓气，还打击我。以后不给你买奶茶了。"

我嘿嘿笑着，连忙将你的手臂抱住，拼命撒娇："不要嘛，不要嘛，宝宝最好了！以后呢，你一定会去很多很多地方，看很多很多风景，拍很多很多照片。"

"那是当然。"你哼了一声，满意地刮了刮我的鼻子，"还要带上你。"

"那我要写很多很多的小说，成为畅销书作家，赚很多很多的钱来养你！"我大声说。

你被我逗得哈哈大笑，揉了揉我的头，看到我假装生气后连忙说"好好好"。

3

如果按照小说的情节发展,你会不出所料考上名校,我则会上一所普通高校的中文系,而我们都在彼此的未来闪闪发光。

可那只是想象。

我是什么时候发现你开始变了的呢?

也许是那个叫"秦秦"的女孩子在我们谈话之中出现的频率越来越高;也许是之前不施粉黛的你突然热爱起化妆,开始说一些我根本没兴趣也听不懂的话;也许是有一天发现你从"优秀之星"的公告栏里消失,后来就再也没出现过,我问你时你却什么都不愿意说;也许是我趴在桌子上做题时,偶然听到你跟别人打架进了医务室,我哭着去找你……

可是你原本是一个多么令人羡慕的天才少女啊!

你变了,我也变了,我们都在拼命挽救这段感情,但无论我们多么舍不得、多么放不下,还是没有办法改变彼此渐行渐远的事实。

总而言之,我们就这样渐渐地从无话不谈变成了无话可说。

那是高三第一学期,我们心照不宣地断了联系,我成了奋力拼搏的高考大军中的一个,而你仍然在你的世界里忙忙碌碌。

我多少次在做完题所剩不多的时间里听到你的消息:老师说你很聪明,本来在重点班却一直逃课不学习,最终被分到了普通班,让我们引以为戒;同学说你喜欢上了一个混混,跟很多人闹翻;又听说因为一次打架,你差点儿被开除。

我不相信,也不敢相信。

高考前夕,我还是没忍住去找了你,你眼睛明显亮了起来,很惊喜地拉着我的手问我怎么来了。我对你说了很多很多,关于高考、关于学习、关于未来,说完之后发现你的手一直没有松开。你沉默了很久才对我说了一声"好"。走之前,你同学跟我说:"哇,今天她怎么回事?看到你眼睛就亮了,怎么对你就这么温柔……"

4

后来呢?

并没有什么奇迹,你考进了一所普通的大学,而我如愿以偿念了中文系。我们在自己的世界里忙忙碌碌,那些诺言也渐渐成了记忆中星星点点的关于青春的浪漫往事与怀念。

我偶尔感怀中考后那个暑假的狼狈时光。在那段无关学业、无关前途和命运的时光里,现实被抽走了,我们自然而然地相遇、成长、分离,感受着真挚情感的流露和单纯而深切的注视,没有一丝杂念。我们深爱着每一秒相遇的时光,亦感恩上天给予每一个人的天赋。

当年少的纯净与幼稚消失不见,我们必须承认,有些感情会被时间和距离侵蚀,而我们无时无刻不在相遇和分离,转身奔向各自的奇妙世界。

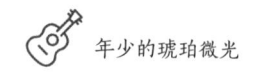

等待归来的栀子花

汪 亭

年少的初夏,小镇,草木葳蕤,云淡风轻。

那个清晨,和煦的阳光照射在窗前,一缕一缕地散落在课桌、讲台上。我不经意间瞥见她课桌的右上角放着一个玻璃瓶,两朵洁白的栀子花相依相偎。

我也爱花,尤爱栀子花。望着那两朵摇曳生香的栀子花,我的心止不住地兴奋。于是撕下一张小纸条,写上:"你的栀子花从何而来?"然后让身边的同学一个又一个地,横穿整个教室,递给她。

她伸手正要接过纸条时,语文老师从背后使劲地咳嗽了两声。她的脸颊顷刻间泛红,一时间不知所措。语文老师拿过纸条打开一看,径直走到我的桌旁,笑嘻嘻地说:"小伙子,情书写得很含蓄嘛!"

那年,我正读高二。一张小纸条竟然成了一封情书,我诧异。就算是情书,我想,那也是写给栀子花的。

下课后,我跑到她的课桌旁,说的还是那句:"你的栀子花从何而来?"她莞尔一笑,说:"我家园子里的啊。"我"哦"了一声,告诉她，那不是情书，转身就跑开了。

第二天清晨，到教室早读，我远远地就看见自己的课桌上插着两朵栀子花。走近，看见花瓣上还滚动着露珠，在阳光的照射下，晶莹剔透。我扭过头朝她望去，她的桌上依旧有两朵栀子花，相互依偎着，而她正埋头读书。

花是她送的，我应该说声谢谢。我撕下一张小纸条，写上："栀子花真的很香，我家庭院里的一株栀子树，此时也应该绽开花朵了。"

枯燥的早读，因为有了栀子花的相伴而变得明媚轻松。在一波又一波的朗读背诵声中，我轻轻地哼唱《栀子花开》："光阴好像，流水飞快，日日夜夜，将我们的青春灌溉……"

每天两朵鲜艳的栀子花，一个月的芳香，渗透进我的课桌、书本，就连年少的心房也暗香浮动。

她走读，我住校，我们似乎没有交流，只是偶尔，我会写些散词短句，用一张小小的纸条，感谢她带给我的芬芳。然而，她从未回复。日子就这样在花香中悄悄溜走，而两朵栀子花无法阻挠季节的变换与更替。

直到有一天，我走进教室，发现课桌上没有了栀子花的踪迹。四处寻觅，她的桌前也是光秃秃的一片，一摞高高的书本甚至遮挡了她的眉梢。

我知道，该来的、该走的都必将顺应自然。可心里的失落就如一片花瓣，摇曳在枝头。

我写给她一张纸条："栀子花今天迷路了！"

这次，我看见她拿起笔，开始在那张纸条上写字。写完后，她小心翼翼地叠好，羞涩地递给同桌。几经转手，落到我的掌心，是一只

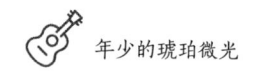

飞翔的纸鹤。我拆开,一枚墨绿的栀子叶静静地躺在娟秀的字体上:"栀子花去远方旅行了,只待明年才会回家。"

原来她也懂栀子花,原来她如此才华横溢。相识且相知,在懵懂的年纪,是莫大的缘分。她说:"我们一起等待栀子花回来吧!"我欣然答应。

一个约定,我们默默相守。繁重的学业让人心生浮躁,偷得闲暇,我便提笔写下心事,折成一条窄窄的纸船,穿越教室,抵达临窗远眺的她。而此时,她每张必回,即使有时,白纸上只是一个感叹号或一串长长的省略号。她写下的一字一句,都深知我意,嵌入我的心间,生根发芽。

知了开始零星鸣叫的时候,班上的同学议论纷纷:我和她在恋爱。

我告诉他们,我们是恋爱了,我们都爱上了栀子花。没人相信,无人能懂。我们还是静静地等待栀子花回来,可她却食言了——家庭突遭变故,她退学了。

一日又一日的清晨,走进教室,望着她空空的课桌,我不停地告诉自己,栀子花会回来的,她只是去远方旅行了。

后来,高考、升学,我远离小镇,求学他乡,可是依旧难以忘怀那两朵栀子花,也对当年的约定念念不忘。

而今,每到初夏,行走于校园间,看见几株栀子树正悄悄地打着骨朵儿,我便迫不及待地追上前,轻轻地问一声:"你何时回来?"

十月有一场大雪

淡蓝蓝蓝

17岁时,她的心愿是找到"白龙"。

她有时会想,他为什么会起"白龙"这个网名呢,是因为宫崎骏的《千与千寻》吗?她私下琢磨过很多次,但从来没有问出口。

只要一想起网络里认识的那个叫白龙的人,她的脑海里就会出现《千与千寻》里那个男生的身影,看似清清冷冷,却明亮又温暖。然后,望着全校千余人的身影,她会不自觉地傻笑,心里猜想到底哪个人是他。

他们的相识很偶然。在得知中考成绩的那一天,她兴冲冲地去那所高中的贴吧发帖:"请问学校附近有什么好吃的?"

大多数回复者都是笑呵呵地说一句"吃货",唯独有一个人认真地把学校方圆数里之内的所有餐厅、小吃店的地址和电话都贴了上来。她在电脑前笑了,一看那人的网名——白龙,当时就记住了。

然后,她主动加他为好友,有事没事就甩个问题过去,总能得到最合适的回答。她觉得,他简直就像是学校贴吧的客服人员。

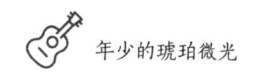

直到那一年寒假，她看小说上了瘾，发了一个连载帖，号召大家一起接龙写小说。当时应者云集，但之后坚持下来的人只有白龙。她和白龙，每人每天各写一段，思路契合，文风呼应。一时间，她也成了贴吧里的名人。

时间是一个诡异的魔法师，说不清什么时候，她就开始在人群里猜测谁是他。她像侦探一样在贴吧里搜索所有他发表过的言论，用若干零散的碎片拼凑出模糊的他——一个读着高二、挺瘦、成绩排在年级前十名、超级喜欢足球的男生。

她也曾在网上提问："为什么会对没见过面的网友有奇妙的感觉，是喜欢吗？"有人回复她："在网上，你根本不知道电脑的那边是一个人还是一条狗。"真是泼冷水。

她天真，但并不无知。在大环境里，老师和家长时刻都在叮嘱她不要随便相信陌生人。

暑假之前，有人发帖号召——聚会吧，朋友们，别让人以为咱们学校的男生女生都是书呆子。贴吧里比较活跃的一些人纷纷报名，她看见了白龙的名字。她的手在键盘上犹豫了许久之后还是收了回来。有人喊她："你也来吧，'吃货'小师妹。"她回道："我要去南方外婆家。"

她等了好一会儿，白龙对此没有发表任何看法。后来，她集齐了他们聚会的照片，看见白龙的时候，她叹了一口气。真的，他和她想象中的一样，清瘦，有书生气。

她凭着照片很容易就在人群里找到了他。原来，他的真名就叫白龙；他们教室就在她们教室楼上；她几乎每天都能看见他，路上、楼梯拐角、窗前、足球场。

越看越明亮。她忽然开始挑剔起自己来：长得那么矮，理科学得一塌糊涂，没有任何特长。

有一次，她与白龙在网上闲聊，他说如果以后见面了会请她吃冰激凌，还问她喜欢什么口味的。她说草莓味的，而且最喜欢在下雪天吃。

说完，她开始拿着手机叹气。必须很努力，才能做得更好一些吧。她想，在和他见面之前，要把自己变成最好的样子。

10月的最后一个星期天，她从英语辅导班出来，一脸惊喜地看着茫茫白雪。今年的初雪，来得这样早啊。

他突然发消息给她："这个天气最适合吃冰激凌吧。"她说："是啊。"然后，一只手伸到她面前，举着一只粉红色的蛋卷冰激凌。她抬起头，眼睛都笑弯了。

那天的他，修改了贴吧的签名档，只有5个字："遇见多欢喜。"天真的时光会有多久呢？故事的结局会有多美呢？谁也不知道。17岁很快就会过完，但所有的故事都需要一个勇敢的开场。

就像那些她偷偷仰望他的时光里，他也同样在默默地看着她，看着看着，嘴角就会翘起。

他在第一场雪到来的时候，买了一只草莓味的冰激凌，等在辅导班附近的树下。他只是想：这是她最可爱、最纯真的年纪，遇见多欢喜。大雪纷纷，穿过泡桐树尚未黄透的叶子。

有些故事，请不要追问结局。

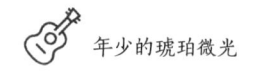

思念一场雪

侯兴锋

那一年,我 15 岁,正在上初中。那年的寒假,雪下得特别大,纷纷扬扬,漫天飞舞。我坐在书桌旁,面前虽然摆着一本书,却无论如何也看不进一个字,心里只想着去找一个人玩。这个人是一个女孩子,比我大一岁,叫虹。虹的家里是做牛皮粗加工生意的,她家在我家的东边,中间只隔着两户人家,走不了几步就到。但是,对于 15 岁的我来说,这几步却又是那样远。

她家的院子里都是干活的人,如果我冒着大雪出现,并在众目睽睽之下去找她,那种感觉总是怪怪的,就好像心事被人窥探了似的。

也许是大了一岁的缘故,在交往上我就不如虹泼辣胆大,每到周末,她就常常跑到我家找我。在我那张破旧窄小的书桌前,我们一谈就是小半天。少男少女之间,朦朦胧胧,不免充满浪漫情怀,所以我们对于枯燥乏味的功课很少谈及,谈论最多的是诗歌和小说,是舒婷和普希金,是巴金与莫泊桑。

其实,最初的时候,我热衷的是武侠小说,是金庸、古龙、梁羽生。但每与虹说起，引来的却是她紧蹙双眉，下意识地，后来我渐渐地疏远了那些刀光剑影的侠客，慢慢倾向于一些纯文学作品。虽然是百般不舍，但为了向虹的爱好靠拢，我没有一点儿怨言。

共同的爱好，共同的话题，我和虹趣味相投，经常聊得忘记了时间，直到她的家人喊她吃饭，她才会离开。

外面的雪不知何时变小了，整个世界全变白了，粉妆玉砌一般。我忽然冒出一个念头，假如虹打着伞，扎着麻花辫，脖子上围着围巾缓缓走在这个洁白的天地里……我想，这样的一幅画面，将会永远定格在我的心里，永远不会消散。

当然，这种美好，也只是一个羞涩少年的内心幻想罢了。我迫切盼望虹能来，是因为她借走了我还没有来得及看的长篇小说《平凡的世界》。路遥的这本书是我千方百计才借来的，还没有来得及看呢，便被虹发现了，她说："我可以先看吗？"我怎么好意思拒绝她呢，干脆大方地说："行，你慢慢看，我不着急，就以3天为期吧。"可是都过了3天了，一直不见她出现。这场雪，一连下了几天，终于停了。太阳露出了笑脸，照射在洁白的雪上，反射着刺眼的光芒。我心里有一种异样的焦灼感，为什么虹这几天都没有来找我呢？是没有看完吗？嗯，《平凡的世界》是挺厚的。可是，按照她的性格，即使没有看完，也应该忍不住来找找谈论其中的人物与情节啊。雪，早停了。

我很想去找她，几次走到她家门口，又止住了脚步。那丝少年的敏感自尊，总是牢牢地缠住了我的双腿，宁愿忍受煎熬，却不肯勇敢挣脱。

直到大年三十的那一天早上，虹终于来到了我家。那天，不知怎的,刚停不久的雪又下了起来,雪不大,却被风吹得四下里飘荡。虹撑着一把黑色的伞,一对麻花辫垂在胸前,脖子上围着一条围巾。我呆住了,这不正是我想象中的那幅画面吗?她看到我在发愣,不由扑哧一笑,说:"怎么,不认识我了?"我猛然惊醒,一见到她,多日的焦灼一扫而空。她抱歉地对我说:"真对不起,我对这本书太着迷了,一心想着把它看完,甚至还为书中人物的命运感到伤感,尤其是田晓霞,她的死更让我难过不已。我多日心情不好,所以就没有来还书。"

原来如此,她太多愁善感了,大概一些情感丰富的女孩子都是这样吧。我拿过书,轻轻拍了几下,对她说:"你耽误了我看书,又没有及时来与我聊天,为了弥补你对我的亏欠,就请你为我做一件事吧。"她望着我,好奇地问:"我能为你做什么呢?"我立马拿出一个笔记本,说:"就在我的笔记本扉页上抄写一段话吧。"她翻了翻笔记本,说:"这是你的摘抄笔记,宝贵得很,就不怕我的字影响了美观?"我摇摇头,递给她一本《普希金诗选》,说:"就抄那首《假如生活欺骗了你》,记得要写上你的名字。"

其实,请虹抄诗并不是一时起意。一直以来,我都希望她在我的笔记本上抄写一段话,而且是在我最珍贵的摘抄笔记上。我想留下她的名字,留下她的痕迹,留下一份青春的记忆。在我的潜意识里,我总能感觉到,我与她这样天真烂漫的日子,终将有一天会一去不复返。那样的情形,对于一个青涩少年来说,还能够做些什么呢?

一年后,虹辍学了。因为买到的一批牛皮在运输中毁坏,虹家里的生意破产,债台高筑。心灰意冷之下,虹的父亲便卖掉了家里的房子,全家去外地打工,从此杳无音信。

如今，许多年过去了，虹给我抄诗的摘抄笔记，我依然保存完好。翻到扉页，看到那首普希金的《假如生活欺骗了你》，时光仿佛又回到了15岁那年，我想着那一场雪，想着撑着伞、扎着麻花辫、围着围巾的虹。

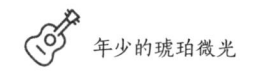

我和你之间，隔了一只橘子

多肉姑娘

1

在有浓郁香味的水果里，我最喜欢的是橘子。橘子剥开皮后的清香，像一丝又暖又轻柔的风，也像坐在我斜后方隔了两个座位的你。

而我和你之间，刚好是一只橘子的距离。

每天下午第一节课前，你都会剥开一只多汁的橘子，橘香四溢，在混沌的午后让人有小小的清醒。

第一次我刚吸了吸鼻子，后背便被戳了一下，你欠身递来剥开的橘子。我拿起里面最后一弯"胖月牙儿"，小声道谢。你收回手时袖子蹭到同桌的笔袋，他嗷嗷叫着让你赔他限量版的海贼王套装笔。你们笑闹起来，那是学校里最有生机的背景音乐。

往后的每一次，你还是会以同样吃力的姿势把橘子传到我这儿。不多不少，八瓣橘子，以你为中心分散后，我得到最后一瓣。

新入班那天，我领完书，把桌椅吃力地拖到楼梯口。你路过，瞥了一眼我的校牌:"我们一个班,我帮你搬吧。"你扛起桌椅,轻轻松松地上了楼,仿佛吃了菠菜的大力水手。我想象了一下,偷笑了一路。从那时起,我们就不算陌生了。

"被帮忙的人手短",之后每次你作为物理课代表发作业,总把我拖下水:"哎,你知道这是谁吗?"我理所当然地摇摇头。"那这个呢?"我犹豫地指向左边。你便将一沓本子放在我手中,拜托我好人做到底。

我假装无奈地起身,询问着本子上的名字发完作业。在教室里无数次和你擦肩、并肩,莫名心花怒放。

2

春末的运动会,体育委员打篮球时扭伤了脚,换你来安排参赛事宜。1500米赛跑,凑不齐人数的你眼巴巴地望着我。我心里一动,就签下了名字。你感激涕零的模样有点好笑。

直到比赛即将开始时,我才从跳出了舒适圈的兴奋中回过神来,面对偌大的运动场望而却步。

随着一声枪响,我慌乱地迈开步伐,从一开始就乱了呼吸和节奏。突然,我身边多出一大片影子。我下意识地转过头,你冲我比画了个"嘘"的手势,声音简短有力:"别说话,调整好呼吸,跟着我的节奏跑。"

我顾不上回应,一步步踩着你的影子,身上的劲儿竟然真的回来了。你陪我跑完整整一圈才停下,又远远地喊:"林安之,加油!"

我的心里突然多了一分想赢的信念。我竭尽全力加速,终于在最

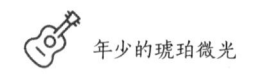

后一刻，和第三名差不多并肩冲向终点。

"怎么样？"你焦急地问我，"身体还好吗？跑得那么急会不会恶心？"说着，你递来一瓶被太阳晒过的纯净水，握在手里有点温热。你说："你快了零点几秒，荣获第三名，恭喜呀！"

我大喘了几口气，如释重负地跌坐在跑道上。喇叭里响起男子3000米的广播，你拔腿跑向操场另一头。

直到你比赛结束，我才发觉自己脸上一直挂着浅笑。你真的有太多这样细致而绅士的时刻，就像一瓣橘子，填不饱肚子，但闻到它酸甜沁心的香，就会突然对生活多出一份期待与热情。

3

想来好笑，十几岁的少年再细心也到底有些不解风情。

彼时我们已经熟悉到经常一同制定学习目标，还严格地附上奖惩措施。那一周的数学新课我们都学得有些吃力，便说好每天完成一套练习题。未承想第三天的练习我做得太费劲，趴在书桌上溜进了梦乡。

翌日，你正检查我的练习册，班里突然哄闹声此起彼伏，连班主任都一同欢呼起来："下雪啦！"

你放下练习册，歪着脑袋笑："走吧。"细小到几乎看不见的雪花，却比不上我更轻巧隐秘的心事。我跟着你走下楼，却万万没想到你冲我竖起食指："少完成了一页，要罚跑一圈哦。"

我猛地抬头瞪你："什么？"

你挠挠脑袋："我陪你一起跑。"

莫名的失落、诧异和羞辱感涌来，我转身就往教学楼跑。虽然我知道是自己再三强调要严格履行奖惩措施，也不想做偷懒耍赖的娇气鬼，但心里就是突然委屈得不行。

我发誓，你再递橘子来，我绝不接了。

但还没等到课间，午休后预备课时，忍不住多翻了一页小说的我就被老师抓了个正着，老师大吼着命令我去办公室。众目睽睽之下，我几乎手足无措。好在语文老师为我说了好话，班主任没太为难我，告诫了几句便让我赶紧回去上课。我灰溜溜地跑到门口，一抬头就看见你斜靠在走廊上，手里拿着一小摞试卷。

见我面色不悦地走出来，你走近低声问我："班主任没说什么吧？你没事吧？"我摇摇头。你笑道："那就好，我来拿作业，怕你难过就在这里等了一会儿。"

"那快点回去吧。"我快走几步，顾左右而言他，不让你看见我怎么都收敛不住的笑。

之后那个课间，我还是一把接过你的橘子塞进嘴里，酸甜漾开。你突然揶揄我："昨天你是不是生气了？"

"没有啊。"我摇摇头，怎么都想不通昨天那莫名其妙的不满，赶忙藏起自己的小气。

但你大概把我曲折反复的少女心悉数看透了。去丢垃圾时，我在橘子皮背面看到一行小字："真的对不起，我没多想，把你今年的初雪都浪费了。"旁边还有一个委屈的丑表情。

我愣了一下，顿时眉开眼笑，悄悄把那块橘子皮塞进口袋，想把它带回家晾干。可惜上面的字已经悄悄溜走了，和橘子的香味一起。

4

唯一没溜走的,是我每个午后被橘子味掩盖的心事。

该怎么形容呢?其实直至今日,我都不清楚对你的感情。有人说少年时的爱恋像一只酸甜的橘子,可是关于你,我想到的都是十足清新的香。也不是歌词里爱唱的"友达以上,恋人未满",那样的感情在我眼中有一丝俗气。

更没想过要一直待在你身旁。

一学期又要过去,按照学校的传统,兵荒马乱的分班大战即将到来。大家早已熟悉这样的节奏,最多互相写几句赠言。没想到你那儿也有给我的一份——期末考试前的最后一天,放学后你递给我一张从练习本上撕下的纸,便转身和哥们儿闹着飞速跑开。

我打开,字里行间有橘子的味道。

你说:"我和你之间,隔了一只橘子的距离。足够近,能有你的一份;也足够远,能藏起期待。忍住靠近,化成烟云,留下惊鸿一瞥在心底。"

我读了好多遍才似是而非地读懂,觉得我之于你,大概也是最最纯美的橘子味。未来山长水阔,有缘江湖再见,无缘的话,也不枉我15岁一场满心酸甜的心事。

当一切尘埃落定

王宇昆

京都五月天，偶有淅沥雨。

飞机着陆的时候，我瞥见一则关于小提琴演奏会的袖珍广告，门票很便宜，我便买了一张，作为明天出行计划的一部分。演奏会是京都比较有名的几所学校联合举办的，演奏者多是在校的学生。起初，我是抱着比较随意的心情走进现场的，听到最后却被深深震撼。最后登场的男生演奏了门德尔松的《e小调小提琴协奏曲》，这首充满柔美气息的曲子被他演奏出一种静谧温暖的感觉。演奏结束，他后退两步，卸下琴，向全体观众鞠躬致谢。

一秒，两秒，三秒。

整个现场寂静如死水，而就在他起身的那一刻，全场响起了雷鸣般的掌声。

我想看看这个男生长什么样，但因为坐在后排，我没有看清。

散场时，很多日本女学生纷纷跑去后台找演奏者签名。从洗手间走出来，我在门口拐角处又看到这个男生，他有些消瘦，刘海长到遮

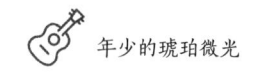

住了眉毛。将他围堵得里三层外三层的粉丝们尖叫不已，我侧着身子想要快些离开，却又在经过他们身边时不经意地发现，这个男生似曾相识。

他像是被"榨干了"的青元。我在内心一遍又一遍地发出"一定不是他，绝对不是他"的声音，但往前走了几步，还是忍不住停下脚步回头努力确认，他究竟是不是青元。

演奏会结束的第二天，我去一家咖啡屋休憩，刚坐下，竟惊讶地发现对面就坐着昨日演奏《e小调小提琴协奏曲》的男生。我越看越觉得他像青元，便试探地喊出"青元"，接着他也认出了我。尽管我已经在强忍着，不对他的改变做出过于夸张的惊讶表情，但在确认他就是青元后，还是不由自主地翻出手机相册里的高中毕业照，偷偷地比对起来。

"减了48斤赘肉而已，不要大惊小怪。"青元看着我，讲起了他这几年的故事。

故事往往要从最开始讲述。

青元是我的高中同学，那时他重180多斤，走起路来似乎整个教室都会颤动。他坐下时可以占两个人的位置，于是每当安排座位时，他总是一个人默默地坐在宽敞的教室后面。在我认识的人中，胖子大多是爱耍宝的，青元却是一个很文静的男生，不管谁和他说话，他总是先抿唇，然后再回答。"油腻的胖子"，大概就是那时候大部分同学对他的定义。

加上青元的个子很高，他便一直坐在教室的最后一排，那里活动空间最大，但除了他，我们几乎没人过去。因为那里是一块"禁地"。

夏天，炎热的天气让所有味道都变得浓郁起来。一天，我们在教室里闻到了一股刺鼻的臭味,大家捂着口鼻,神经兮兮地开始寻找臭味的来源,甚至有同学一个座位挨着一个座位地去嗅。那天的气温出奇地高,青元挪着笨拙的步子去讲台边接水,突然,教室里传出了一个女同学的尖叫声。

"汤青元,你洗一洗澡不行吗?怪不得教室里这么臭!"是一个正埋头背单词的女生在叫,青元刚从她身边走过。

青元缓慢的步子和呼吸都悬在了半空,紧接着,教室里有无数目光纷纷投向他,而那些眼神中分明满是鄙夷。受了极大的屈辱却又不敢声讨,他的脸颊一下子红得像富士苹果,水也不接了,转身挪着笨拙的步子回到了"禁区"。

这件事情发生以后,青元请了几天假。几天之后,当我还在感叹他如此"玻璃心"时,他回来上课了。那天,他换了一身特别干净的衣服,浑身散发着一股奇异的香水味。后来,他不再直穿教室,就算上讲台,也是先从后门出去经过走廊,再进前门。虽然他身上的臭味还在,但那个朝他尖叫的女生,向他说了"抱歉"。

就在这个时候,青元对我说,他有了喜欢的女生,而这个女生,正是朝他发出尖叫声之后又向他道歉的那个。他称她为"女神"。

那时的"喜欢"对青元来说,像是吃罐子里的蜜糖,打开盖子舔一小口,就可以蔓延出无尽的渴望。他开始有意无意地制造和那个女生发生"巧合式"对视的机会,但在受到她的白眼之后,又无奈地收回目光。那一阵子,他总是趴在桌子上,用藏在肥大的手掌里的一块小镜子,照自己的脸,照新冒出的青春痘,然后唉声叹气。

青元开始写情书,每天都把那些甜言蜜语化成告白和誓言。但有一天,他竟看到喜欢的女生拿着他写的无数封花花绿绿的情书,一股

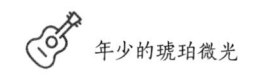

脑儿将它们丢进了楼下的垃圾桶。

我像个过来人似的,安慰青元"天涯何处无芳草",但这种安慰似乎并没有起什么实质性的作用。

胖子的忧伤都是被美食治愈的。此话不假。

放学后,我经常看见青元疯狂地啃两个硕大的鸡腿,咀嚼的间隙,他会向我袒露心声。

"她说抱歉的样子太可爱了!"青元说这句话的时候,脸上写满了明媚的幸福。

我问他:"还继续追吗?"

青元沉默了一会儿,然后笑笑,我看见他的眼睛里仿佛闪烁着泪光。我以为他会坚定地告诉我,他不会放弃,但他却平淡地说:"不追了。"

在这个年纪,喜欢一个人和放弃一个人,好像就是如此简单。然而,青元却有着另一种坚持,比如永远停不下来的嘴巴。他的体重在高中最后一学期不断飙升,完全成了老师口中"高三的巨大压力会让人体重变轻"的典型反例。就在我以为青元自暴自弃时,他却干了一件让全班同学都为之震惊的事。

在高三的元旦晚会上,青元背来一把小提琴,演奏了《梁祝》。优美的音乐在弦上流淌,他那臃肿的身体伴随着旋律自然晃动,我在远处,甚至可以看见他身上一层一层的"游泳圈"在相互碰撞。音乐和他的身材形成了强烈的反差,因此让全班同学为之震惊。讲台上,他边深情演奏边闭目沉醉,但我知道,其实他想含情脉脉地注视他的"女神",让所有人都知道这是在为她一个人演奏。

回味多年前的那首《梁祝》,我还是会尝出一股青涩的味道。在青元展露才艺之前，我们谁也不知道他会拉小提琴。或许，他之所以会默默无闻，为的就是有朝一日可以一鸣惊人。

咖啡屋里的青元和我侃侃而谈，一个女生推门进来，与青元亲昵地打招呼，然后坐在了他的身旁。我愣住了。

"当年的'女神'，现在是我的女朋友。"青元在我的眼前挥挥手，向我介绍。他的脸上又一次写满了多年前的那种明媚的幸福。

"真的是她？"我不敢相信坐在青元身旁的就是高中时迷得他神魂颠倒的那个女生，于是忍不住又一次翻看手机相册里的高中毕业照。

两个原本在我看来不可能走到一起的人，多年以后，竟然亲昵地一同出现在我的面前。或许，一直保持着瘦削身形的我一辈子也无法理解青元的忧伤，但当他向我娓娓讲述他这些年来的经历时，我却不得不为眼前的这个人竖起大拇指。

上大学后，青元放弃了父母为他规划好的理想道路，在人生的路线图上突然转弯，踏上一条去日本边读书边进修小提琴的新路。他依稀记得，当时笨拙的他哪怕拉几十分钟，都会累到喘不过气来。但他没有放弃，就像当年的"另一种坚持"一样，通过不断练习，终于，他进阶到可以轻松拉琴几个小时。越努力，越幸运。后来，他在日本国内的一场小提琴比赛中拔得头筹。而后，又被京都一位著名的小提琴演奏家收为弟子。

尽管在小提琴演奏方面取得了不错的成绩，但青元还是一个胖子。他说："哪怕我拉的曲子美到让人垂泪，可看到我那一身赘肉，还是会让人失去兴趣。"

于是，青元开始减肥。

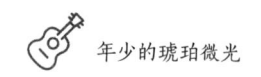

那段时间，他在书店里翻遍了关于减肥、塑形的图书，周末一有时间就去参加社区附近的减肥讲座，每天下课都强迫自己在充满汗味的运动馆里锻炼。没有大鱼大肉，只有蔬菜清汤，生活的丰富多彩就这么被"剥削"得精光。

青元无数次想要放弃，因为饮食习惯的突然改变，他每天都感觉自己似乎会随时晕倒。而当看到体重秤上不断变小的数字，他还是咬牙坚持了下来。时长一年零一个月，他身上厚厚的"游泳圈"终于被抛掉。看着镜子中变瘦的自己，他甚至有点不相信。然后，他开始跟着那位著名的小提琴演奏家在世界各地演出，积累了不少经验后，他顺利举办了自己的第一场小提琴演奏会，而恰好在那场演奏会上，他遇见了自己多年前的"女神"。

在两个人相遇不久的一次音乐会上，作为助演嘉宾的青元，向坐在观众席里的女生惊喜告白。

她点头，答应了他的告白。

青元在两年前做了除臭手术，而且现在，他已经拥有笔挺的身材。

每个人的人生都是在无数次的改变中慢慢丰满起来的，就像体内的细胞每天成千上万地死，成千上万地生。每个人都在为这种或细微或巨大的改变而努力着，当一切尘埃落定，我们也许永远都舍不得和从前说再见。

为什么我们总爱怀念青春

张皓宸

我前阵子看过一段演讲,说为什么我们总爱怀念青春。青春有什么好?幼稚自负,"为赋新词强说愁",能力撑不起野心,精神不自由,还穷。但就是因为过程的未知,才有幻想的价值,比如会不会多走一段路,就能跟喜欢的人牵手;比如是不是再坚持任性大半个学期,就能交到朋友。

张同学,我的青春绕着你,组成了那个暗恋时代的全部故事,傻里傻气、无知、偏执、果敢,偶尔怀念它,也不错。

你在隔壁班,我们之间被卫生间隔着,所以那些年多数跟你偶遇的场合,都在卫生间门口,以至我现在闻到氨气,就会想起你。

喜欢你,始于手好看,陷于睫毛长,溺于声音好听,久于平头,忠于手臂上的肌肉线条。综上,喜欢你还是因为你长得好看!起初暗恋你的表现比较低级,大概是偶尔翻翻你的微博。只不过这个"偶尔"说的是睁开眼之后的第一秒,吃早餐的时候,等公交车的时候,上数学课的时候,下晚自习的路上和睡前的最后一秒。人的脸上

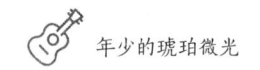

有 43 块肌肉,可以组合出 1 万种表情,我怎能做到不动声色地看着你?因此,每回你出现,我就躁动,心虚地用余光瞟你。

暗恋的中级阶段,我跟你的好朋友成了朋友。其实大可不必这么做,但为了不被别人看出来我只想对你好,我不得不对所有人都好。从他们那里,我打听到你常用的音乐软件,每天循环播放你听的歌曲;晚自习结束,我潜进你们班给你收拾课桌,然后用铅笔在你的课本上留下卡通画;为你收集银杏树的落叶,做成标本;身上挂着 Free Hug(免费拥抱)的牌子在人潮涌动的广场上,用一个拥抱换一句对你的生日祝福。

暗恋的高级阶段,就是有一天你通过了我的微信好友请求,给你发的第一条消息,是我反复从几百个表情里选的一个"呵呵"。自此以后,每晚入睡前我都很有仪式感,一整张纸的话题,总有一个会骗来你的一句"晚安"。但在这之前,一定要洗好澡,敷完面膜,再钻进被窝,好趁着这句"晚安"还热乎的时候,在梦里遇见你。

都说暗恋心酸,但我觉得偷偷喜欢你久了,反而容易满足,世界都是粉色的。

抱着你的一句回复跟捧了个宝贝似的,处心积虑地发了一条微信朋友圈,你点了赞,我在心里放了烟花。听你的朋友说,你对我还挺好的,我嘴里说着"没有啦",手却不听使唤,噼里啪啦地打在他们身上。你许久不看我,又看我一眼;我心如死灰,死灰复燃,如此循环往复。喜欢一个人,本就是一件值得高兴的事,我只是你的未知数,但只要想到在茫茫人海中你是我的已知数,在放弃之前,也觉得自己是幸福的。

天空有鸟飞过

饶雪漫

在很多人看来，程果是个少言寡语的女生，班里的其他女孩都是三三两两、嘻嘻哈哈地来来去去，只有她总是独来独往，好像和任何人都无知心话可说。

其实，程果小时候并不是这样的。那时的她能歌善舞，喜欢穿着花裙子在大院里飞奔，咯咯的笑声似要冲破云霄。妈妈总是忧虑地说："不只是'女大十八变'，我看还是'女大十八怪'，我们家果果怎么会变成这个样子？"

程果也不知道自己怎么会变成这个样子，特别是上了高中以后，她的心总像被一层灰色的云罩着，有说不出的别扭。程果和这所学校的所有学生一样，都是经过初中3年的埋头苦读才挤进这所重点高中的。作为这里的学生，大家都是抬头挺胸一副挺骄傲的样子，只有程果找不到这种感觉。

也就是在这个时候，程果知道了于凯。

于凯念高三，近1.8米的个头，是全市有名的校园歌手。程果第

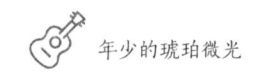

一次听于凯唱歌是在校艺术节上，于凯唱的是高晓松的作品《蕾》。这并不是一首很流行的歌，但程果非常喜欢它的歌词："回来吧，童话里海的女儿，蓝色的忧伤像海洋，老人的话，你的长头发，西风里唱歌的太阳花……"于凯的演唱如行云流水，无可挑剔，唱到酣处，且歌且舞，台下的女生发出一阵阵尖叫。

年轻人的爱实在简单。程果被于凯的歌声感动，就这样迷恋上他，从此在校园里，心里盼望，眼睛张望，只要于凯远远地出现在视野里，她的心中就涌出绵绵长长的慌乱的甜蜜。16岁的程果独自享受着这份甜蜜，在沉重的学业之外，她开始觉得自己比别人多了点什么。

当然这只是秘密，对谁都不可以讲，她甚至不想去认识于凯，如果不是发生了那一件事。

那是在一天放学后，校门外不远处围了一群人。程果一向不喜欢看热闹，正打算绕道走开，突然听人提到于凯的名字，于是她停下了脚步。她很快就看清了是怎么一回事：于凯被推倒在地，五六个小伙子正对他拳打脚踢，嘴里骂骂咧咧，周围竟无人敢劝。

一股热血直冲程果的脑门，她想也没想就冲向了那群人。"不许打，不许打，不许打！"程果一面尖叫着，一面找准方向用尽全身的力气挥起书包砸向其中一个小伙子。大家一下子被这个疯狂的小姑娘镇住了。"不许打！"程果继续尖叫着，"我已经打了110，谁敢再动！"

"竟敢唬我！"被书包砸中的小伙子回过神来，恶狠狠地说，"连她一块揍！"

好在闻讯赶来的老师及时制止了他们。

程果拎着沉重的书包站在夕阳里，身后是高高的于凯，他说：

"谢谢！"多么近的距离，程果可以听见于凯的呼吸声，她的双肩轻轻地抖动起来。老师指指于凯，再指指程果，说："你，还有你，跟我来！"

"见义勇为？"老师不相信地看着程果，目睹了这一切的人也不相信地看着程果。程果终于忍不住，眼泪哗哗地流了下来。

事后老师查明，这事的确与程果无关，挑衅于凯的是社会上的一帮小痞子。

于凯的故事本来就多，大家见怪不怪。只是程果成了议论的中心，纤纤弱质的女孩，和于凯又不认识，干吗那么拼命？班主任是个刚毕业的大学生，在班上表扬了程果，还说要到教务处为她争取奖励，也好让那天袖手旁观的人脸红脸红，"学校的治安，要大家一起来维持才是，大伙儿一条心，看谁还敢到我们的地盘上来撒野"。

同学们都笑了起来，只有程果没笑。她埋着头，心里闪过阵阵羞愧和害怕：羞的是自己并没有老师说的那么伟大，怕的是有人由此窥见她的心事。

3天后，于凯在放学的路上拦住了程果。和程果比起来，于凯的个子实在是有些高，高高的一个人立在她面前，程果忍不住想仔细地看看，但最终还是低下了头。

"没见过像你这么勇敢的小姑娘。"于凯说，"我该怎么感谢你呢？"

程果不作声。于凯有些着急："你不要不说话呀，你怎么跟那些高一的女生不一样？"

"为什么要一样？"程果抬起头来，"我就是我。"这下程果不知为什么又敢正视于凯了，他的眉毛长得真好看，是歌手的眉毛。

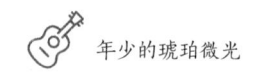

于凯笑了，拍拍程果的肩说："不管怎么样，我一定要好好跟你说声谢谢。"

"不用了，"程果淡淡地说，"又不单单是为了你。"程果说完绕过于凯就往前走去。被于凯拍过的肩热热的，有点往下塌，她好像路都不会走了。程果感到于凯的目光在后面暖暖地跟随着她，她告诫自己不要回头，在特别的于凯的心里，她愿做一个特别的女孩子。"跟那些高一的女生不一样"，程果喜欢这个评价。

故事当然没有结束。

那一阵子，班上谈恋爱的同学开始"显山露水"，高一（2）班迅速成为全校有史以来最另类的班级。年轻的班主任在班会课上只无可奈何地说了一句话："我该拿你们怎么办呢？"程果真有些同情班主任，他在校长那里肯定没少挨批评，重点学校哎，怎么能成这样子。真不知道那些同学心里是怎么想的，在这样的年纪，恋爱的感觉应该放在心里才最美，不是吗？

程果没想到班主任会找她谈话。班主任说："我要找班上每个同学都谈一谈，只怪我之前忽视了和你们交流思想，所以有些地方我做得很失败。"

"其实你挺好的。"程果安慰他说。

班主任的眼睛亮了一下："我一直觉得，你是一个内心丰富、很有思想的女孩子，可是你太内向了，试着让自己融入集体，对你的学习和成长都会有好处。"

程果不想让班主任伤心，说："我试试。"

班主任欣慰地笑了，他说："只要我的班主任职务不被撤掉，我就有信心让我们班成为全校最好的班。"

当初冬的第一场雪飘落，新年的钟声也很快就要响起。于凯在校园里找到程果，递给她一张淡绿色的门票，说："我们组织的新年音乐会，欢迎你来参加。"

悠悠的飞雪中，程果看着于凯走远，之后她将票小心翼翼地放进书包，心中腾起一股被人惦记的强烈的幸福感。再想到新年一过，离高考就不远了，高考后，校园里就再也见不到那个高大熟悉的身影，程果的心里又漫过无边无际的忧伤。或许在这个新年里，应该给于凯透露些什么，那些少女时代最真最美的情愫，总该有人知晓、有人喝彩才对，可是如果这样，自己不也和那些肤浅的女生一样了吗？程果真不知怎么办才好。

总的说来，那是一次很成功的新年音乐会，地点在一家有名的音乐厅，市里的各所中学和大学都有学生来，带着自己的乐队、自己的节目，欢笑声、歌舞声震耳欲聋。程果坐在角落里，感觉青春的气息像鸟的翅膀一样不断地拍打着自己，儿时的感觉竟慢慢地复苏，她真想加入他们大唱大跳一番。

于凯发现了她，坐到她身边说："很高兴你能来。"

程果笑笑说："为什么不来？"

于凯说："每一次看到你，你都是一个人，也不笑，好像有很多心事。其实不管过去有什么不开心的事，新的一年到了，就让它过去好了。"

"真的没什么。"程果说，"我也不知道为什么。"

"青春期忧郁症？"于凯笑了，"多参加集体活动对你有好处。"他的话和班主任的如出一辙。

"谢谢你。"程果想了想，很认真地说。

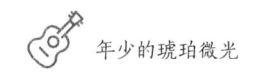

于凯摆摆手:"该我说谢谢才对,总是想起你那天打架的样子,不管你是为了什么,都让我感激。要知道,欠女孩子的感觉并不好。"

"你别这么想。"程果不想旧事重提,慌忙说,"你唱首歌,就算还了这个人情,从此不要再提,可不可以?"

"可以。"于凯爽快地答应了。

很快就轮到于凯唱歌,他说:"这首《青春》,我要把它送给一个特别的女生,也送给在座的各位同学。新年到了,我们都要把握青春,好好努力,加油干!"说完,只见他怀抱吉他,手腕一动,歌声悠然响起:"青春的花开花谢让我疲惫却不后悔,四季的雨飞雪飞让我心醉却不堪憔悴。轻轻的风,轻轻的梦,轻轻的晨晨昏昏。淡淡的云,淡淡的泪,淡淡的年年岁岁……在那悠远的春色里,我遇到了盛开的她,洋溢着炫目的光华,像一个美丽童话。允许我为你高歌吧,以后夜夜我不能入睡,允许我为你哭泣吧,在眼泪里我能自由地飞……"歌声中,程果感到于凯的目光与自己偶然相遇,她相信这首歌是于凯为自己所唱,她的眼睛里慢慢地储满了泪水。摸摸书包里那本浅蓝色的日记本,那是程果为于凯准备的新年礼物。一个少女细腻的满腹心事,都只因于凯而风起云涌,难道不该由他来收藏?活动结束时天色已晚,于凯要送程果回家,程果摇摇头拒绝了。于凯想了想说:"注意安全。像你这样的好学生,的确应该离我远一点。"

"我不是那个意思。"程果急忙摇头。

"跟你开玩笑呢,别那么当真。"于凯向程果告别,"新年快乐!"于凯把"快乐"两个字说得很重,仿佛怕程果听不见。

"新年快乐!"程果说,也把"快乐"两个字说得很重,说着两个人都哈哈笑起来。接着就是沉默。程果抬起头来,很认真、很大胆地看了于凯一眼,像要记住些什么。转身的时候,程果庆幸自己什么也没做,什么也没说。

之后就是春天。那个春天,程果惊异于自己的变化,她仿佛褪去了一件又一件沉重的外衣,有些不可思议的轻松。昔日呆板的校园也渐渐在她眼中呈现出活泼的美意。春季运动会的时候,班主任动员大家:"同学们都积极报名啊,我们高一(2)班总要给别的班一点颜色看看吧。"人家你看看我,我看看你。程果第一个站起来说:"我报800米。"

大家都惊异地看着程果,然后开始报名,有点争先恐后的意思。下课后,班主任在走廊里遇到程果,向她竖起大拇指,还偷偷地一笑,像个孩子。程果也笑,心情明朗得像春日的天空。

程果最后一次见到于凯,是在毕业班参加的最后一次晨会上。散场时拥挤的人群中,于凯的笑容从她眼前一闪而过,程果有一些亲切但短暂的心痛。后来,她听说于凯考上了理想中的艺术院校,他以后肯定是要当歌手、出专辑的。

想着于凯离他的梦想又近了一步,程果本想寄一张贺卡祝贺他,但是发现自己竟然没有于凯的地址,无处可寄,只好作罢。考上大学后,于凯一去便无消息,程果也升入了高二,一跃成为全班数一数二的优等生。浅蓝色的日记本被压在箱底,曾经在心里翻江倒海的初恋慢慢平息,一切就像程果喜欢的一句诗:"天空有鸟飞过,但未留下痕迹。"大家都说,程果像一个奇迹,说变就变。只有程果知道,是守口如瓶的秘密为青春平添了无数的流光溢彩。年轻人的爱里,故事可以有很多种结局,而自己得到的是最好的一种,还有什么不满足的呢?

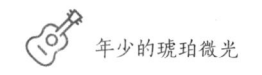

一起往有光的地方去

艾 润

一

那时候,《倚天屠龙记》正在热播。我们班女生分成两派,一派支持赵敏和张无忌在一起,一派支持周芷若和张无忌在一起,我们还偷偷地把全班最好看的两个女生对号入座,长相清冷的是"周芷若",性格直爽的是"赵敏"。女主角们确定好了,当然还需要一个男主角。

文艺委员热衷八卦,对增加班级花边这样的事情特别在行。没多久,她就开始喊一个男生为"张无忌"。

这个"张无忌"长相并不帅气,学习成绩也不好,总是沉默地坐在班级角落里,是一个经常被忽略的存在。

大家都疑惑为何会选他做张无忌,各方面都不符合,可还是跟着文艺委员叫了起来。没多久,这个称呼就传开了。那个男生对这样的称呼似乎不屑一顾,依旧安静地坐着,有时候看小说,有时候手揣裤兜发呆。

文艺委员好像被他这种淡定的姿态激怒了，愈发想要挑衅他。她凑到他面前问他到底喜欢"赵敏"还是"周芷若"，他淡淡地瞥了她一眼，齿缝里挤出俩字："无聊。"说完起身就要离开座位。当时是大课间，班上乱糟糟的，有人起哄说文艺委员吃了闭门羹，竟然敢跟"冰山男"叫板，直接被冻僵了吧。

对的，在被叫张无忌之前，他在班上的外号是"冰山男"。

在起哄声中，文艺委员似乎真的被激怒了，她冲过去挡在了"冰山男"的前面，胡搅蛮缠似的，就是不让他从过道里通过。

"让开！"还是只有两个字。

大家起哄的声音一浪高过一浪。"冰山男"很少跟班上的同学打招呼，大概是对这样的场景厌烦了，想把文艺委员推开，却不承想被谁绊了一下，往前倒去。直冲冲撞到了坐在前排的我。

我正在坐着看小说，猛然被袭击，蒙了一会儿才反应过来，慢腾腾地站起来，瞪着他们。在那之前，我也是班里被忽略的存在，课余时间，除了坐着看课外书，不喜欢参与女生们的八卦讨论，也不爱参加集体活动。我一直觉得这样的生活挺清静，可一切都在那天发生了改变。

文艺委员提高了嗓门，尖声说道："我就说嘛，总觉得管'冰山男'叫'张无忌'不合适，他哪里配得上我们的'赵敏'和'周芷若'啊，他应该配'小说女'才对，两个人都是一样愣愣的。"说着还伸手去拿我课桌上的小说，是玛格丽特·米切尔的《飘》。我试图阻止她，没想到，在她的手快要伸过去的时候，被"冰山男"一把打开，这一次他嘴里只蹦出来一个字——"滚"。

也许是因为他的目光太吓人，也许是因为上课铃响了，大家就那么散了，各自回到座位上。而我，被添上了"小说女"的外号，还被大家起哄和"冰山男"在一起。我被这件事所困扰，很长时间我都害怕大课间乱糟糟的声音。

二

可这仅仅是个开端，文艺委员的花招出乎我的意料。学生时代的我们都本能地害怕孤独，班里如果能出现一个花枝招展的号召者，别人似乎都愿意围在她身边。文艺委员就是这样的存在，她唱歌非常好听，每周仅有的一节音乐课，是她大放异彩的时候。老师会点名让她领唱，老师有事的时候，甚至会让她临时代课。

就在那一节她代课的音乐课上，她点名让我唱《青藏高原》，美其名曰老师布置的作业，要练习高音。

我一口拒绝，在音乐课上，除了跟着全班同学大合唱，我从未被老师单独点名唱过歌。我看着文艺委员站在讲台上，轻蔑地笑着，她的目光狡黠，不太友善，但也不是恶狠狠的样子。

我就那么和她对峙着，期待着这节45分钟的音乐课赶紧过去。音乐老师很少给我们布置作业，大家已经习惯了音乐课是放松的，跟着老师学习一首歌，再进行大合唱就可以了。

但这节课明显不行了。

我还没想好怎么应付讲台上那个趾高气扬的女孩子的时候，她已经想出了新的招数。她说："要不然就让'冰山男'和'小说女'对唱情歌吧。"

同学们拍手起哄，"来一首"。

我静静地盯着文艺委员，不明白一个上初中的女孩子，哪来那么多的心机。我说："要不然让文艺委员给我们一展歌喉，唱一首《青藏高原》吧，或者一人分饰两角情歌对唱也行。我们大家都知道文艺委员是参加过歌唱比赛得过奖，被老师盛赞的人，这样的技能对她而言绝对是小意思。"我看着她一副气鼓鼓的样子，好像没想到我这样沉默的人会反驳她。我自顾自地坐下，依旧盯着她。

班里传来一阵零落的掌声，是"冰山男"。他说："这个提议真不错。"

我俩就这么被动地结成了一个阵营。

我和文艺委员的"梁子"似乎就那么结下了，她时不时给我使一下小绊子，带着她的小团体围攻我一下。也许是因为我在班上成绩不错，班主任对我很好，才使得文艺委员有所收敛，可能她担心我向班主任告状，所以并不敢对我太过分。

二

后来有一天，我在桌兜里发现了一张纸条，是"冰山男"写的："对不起，因为我，把你拉进漩涡里。"

我叹口气，该道歉的人没有道歉，始作俑者是谁，我们都清楚。我一直在等待文艺委员给我道歉。在我的印象里，她是爱闹腾、喜欢说是非的女孩了，但本性并不恶毒。我看见过她把巧克力掰碎喂流浪猫，边喂边对同学开玩笑说："这只猫连巧克力都不爱吃，是只有节操的猫，等我再去买面包喂它。"

我那天从校园小卖部买了文具出来，恰好看到那一幕，觉得这个

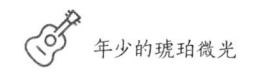

女孩子还挺可爱。

也是那个时候我才开始注意到她,爱玩爱笑,也泼辣、急躁,也总是在做一些招人厌烦的事情。

"冰山男"和"小说女"的绰号叫了没多久就不了了之了,因为我俩都是有自己小世界的人,并不十分在意外界的风吹草动。再加上文艺委员的花招也没有翻新,快要期末考试的时候,音乐课停了,她也没有了自己的主战场,同学们觉得无趣,就去开发更新鲜的事物了,这件事情便翻篇了。

我渐渐淡忘了这件事,同时淡忘的还有对文艺委员的那点好感。从那件事情以后,我再没有对她心平气和地说过一句话。虽然从前也没怎么说过话,但以前见到她,总是微笑的。

那一场闹剧,彻底把微笑擦掉了。

临近毕业,写班级同学录,同学们一个个写完再传回来。我的同学录传回来后,我一页页翻看,才看到文艺委员写了大大的"对不起"。

三个字占满一整页。

我盯着那三个字,意识到真的要毕业了。正发呆,文艺委员突然跳到我面前说:"喂,你不要那么小气了,一点小事揪着不放。听说你要考一高,我爸说会想办法让我去一高的,到时候咱俩说不定还在一个班级呢,就握手言和呗。"

眼前是她笑意盈盈的一张脸。我冷哼了一声,继续收拾桌上的试卷。

虽然对我造成的伤害并不大,我也不是十分在意这个人,但我并不想说"没关系"。我之所以释怀只不过是觉得算了,执拗地想着

"道不同不相为谋",这样一个人不值得我花费力气去讨厌。

我不记恨她,也不想喜欢她,更不愿和她做朋友。

四

后来看《少年的你》,突然想起来这件久远的事情,一下子被击中心脏。如果当初我不是因为受班主任优待,如果文艺委员是个变本加厉的人,我会不会就像《少年的你》里的陈念一样无助呢?只是被团体排斥,被语言嘲讽,受到了一些精神暴力,都已经对我造成了切切实实的困扰。

陈念那么倔强,那么勇敢,那么努力想要逃离当时的环境,去北京读大学。可她还是失败了。她被剃光头、被施暴。我在电影院看着那一幕幕,掉下了眼泪。

请保护好自己年少的单纯,不要用欺负别人的方式,把自己抹黑。我们有很长的路要走,身边出现的人都是同行者,应该一起往有光的地方去。

不要做黑暗的施暴者,把黑暗罩在别人头上的时候,自己也在黑暗里。

世间美好与你环环相扣

简 一

1

电视剧《想见你》火爆全网时,我独自在房间里看着屏幕上那个敏感自卑的女孩子,仿佛看见多年前的自己。

看着陈韵如在日记中写"有时候,我觉得自己是宇宙中最暗淡的那颗星,拼命地发光,想要有人发现我渺小的存在"的时候,我泪眼模糊,忽然就想起了你。

与大多数高中生相似,我的学生时代乏善可陈。成绩中上,不算出众,家境不好,长相一般,性格更称不上活泼开朗,在人群中始终扮演着透明的角色。这些都与当时在学校里备受欢迎的你大相径庭,倘若不是班级座位每月依次前后变动,我们根本不会有任何交集。

那时候你身材颀长,不热衷文化课程,便和其他几个男生自告奋勇地坐在教室的最后一排。那次很巧,整体大调换后,我坐在倒数第二排。

你人缘很好，课间总有人过来和你聊天。而我沉默得像道影子，几乎要隐没在人群中。所以当你主动开口时，我紧张得满脸通红。

你说："同学，以后还请你罩着我啊！"

2

后来我才知道你这句话的意思，不久后的数学课上，当被老师喊起来回答一道函数题时，你用中性笔轻轻戳我的后背。我瞬间意识到这是求助，于是在草稿纸上写下了大大的数字。你照着念出，然后顺利答对，免去了被罚站的下场。

你向我道谢，又向我借练习册抄答案。再后来你请我喝牛奶，邀请我去看学校的篮球联赛。你是体育特长生，各项运动都十分擅长，整个年级不知有多少人暗恋俊朗阳光、青春年少的你。

调换座位后的第二个周四，轮到我们小组值日，你去参加校田径队训练，完全忘记了这件事情。我在完成自己的任务后，替你清扫了走廊、倾倒了垃圾。晚自习你得知后，反复向我道谢，甚至将充当晚饭的甜橙面包硬塞给我。后来我们分着吃掉了那个面包，清甜的橙子味道，让我的心里也泛起了甜蜜。

3

与我处处谨小慎微、平淡如水的处事方式不同，你将青春过得恣意灿烂。

春季运动会召开时，我已经从倒数第二排换到正数第三排，而

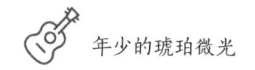

你还在最后一排。你找到我说:"你文笔好,运动会多写稿子鼓励我啊!"

语文是我唯一一拿得出手的亮点,即使如此,这些班级活动我也极少参加,因为不知道怎么融入这个集体。可你轻而易举地就将我拽了进来,后来又拉着我去班长那里报名,说让我承包你的广播稿。

春和景明的日子,我坐在操场旁的课桌前,一字一句地写下鼓励你的文稿,听它们经由广播念出,传到校园的各个角落。

你凭借短跑、长跑、跳远等项目为班里赢得了好多奖项,广播稿和颁奖稿中时常能够听见你的名字。那两日,学校里许多人都知道高二七班有个体育超好、长相不错的男生。你因此在接下来的日子里,收到了比以往更多的情书。到后来,你已经懒得再回信婉拒,任由那些信件蒙尘。你说这件事我得承担一半责任,因为我将你描写得过于优秀。

4

我们的这段友情,因此维系了下来。后来你屡次提到和我相处很轻松自在,因为我性格安静,又讲义气。我原先根本不知道自己有这些优点。在我的整个成长过程中,我与父母关系冷淡,并不幸福,他们不喜欢内向的我,让我向隔壁家那个优秀的姐姐学习。久而久之,我越来越自卑脆弱,对自己失望不已。

可是你说,我笑起来像软萌的白兔,别总是做冷漠的刺猬;你说,我以后一定会实现自己的写作梦想,到时候要记得给你签名;你说,我们都很优秀,不要去否定自己。

我开始学着改变，和周围的同学交谈，向学习委员请教不懂的题目，和女同桌挽着胳膊下楼去做广播体操……迈出第一步后，我才发现大家的友好超出我的想象。即使这个过程并不容易，我偶尔还是想缩回到自己的盒子里，但我知道，那里虽然安全，可是没有阳光。

高二下学期，我在全市征文大赛中获得一等奖，你也刚好斩获一个长跑比赛的冠军。那天下午，我们相约去游乐场庆祝。当过山车呼啸而过时，我大喊出声，第一次感受到青春的放肆与快乐。

回程时下起了暴雨，我们都没有带伞，只能躲在凉亭下避雨。末班公交车就要开走了，你说："要不我们跑过去吧？"我没有迟疑便答应了，我们以百米冲刺的速度冲进雨幕中，雨水落在身上，我们瞬间成为"落汤鸡"，在相视后哈哈大笑。

后来我看到《想见你》里，黄雨萱、李子维他们也经历过这样一场雨，便更加深信，你其实和他们是一样的人，充满自信，勇敢无畏，如同雨后绚烂的彩虹，能够为别人的生命带来光彩。

5

转眼就到了高三，我忙于繁重的课程，而你参加田径集训，极少出现在教室里。我们就这样，在彼此的生活中又活成了平行线。

经历了"硝烟弥漫"的 6 月，我被自己的第二志愿录取。后来我旁敲侧击地问了其他同学，得知你报考了北京的一所院校，而我留在了南方。此后几年，我们 南 北，渐渐失去了联系。上大学后，我参加了社团，也时常参加聚会，与同学们相处和谐，后来甚至多次被人说性格活泼开朗。谁能想到几年前的我，还是人群中最沉默的那

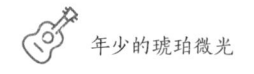

一个呢!

　　再后来,我们在高中同学群里重逢,你还是那么乐观,幽默的话语时常引得大家开怀。我点开你头像上的那张合照,照片里的女孩子笑靥如花,和你离得很近,你眼睛里流露出的都是幸福。

　　我没有打扰你,像藏起青春时期的日记般,将你珍藏在了记忆深处。

　　青春年少的喜欢,就像松软的棉花糖,绵绵得让人怦然心动。这段时光即使过去了许多年,依旧让人觉得无比美好。后来,我再也没有遇到像你这样的温柔少年,可是没关系,我已经学会去寻找最好的自己。

我想和你虚度时光

玻璃沐沐

1

我有一本时光书,很厚,封面有粉色的小花朵,打开来,里面黑色的内页上有我自出生以来每一年的照片,照片旁边还有细细密密的文字,用黄色的、红色的荧光笔记录着我从一个婴儿起,所有与成长有关的事。这是我的生日礼物,是我被全心爱着的证明。

不知道为什么,献宝也好,炫耀也好,我就是特别想拿给你看。我把时光书装到书包里,吭哧吭哧背了一路,终于在放学路上,装作不经意地想起,拿出来和你分享,暗示我的生日又快到了,这让从小被散养的你惊羡不已。

你指着某一页涂着红脸蛋、扎着两个歪歪扭扭的羊角辫、穿着花裙子、举着一根冰糖葫芦的我说:"这真的是你吗?怎么看起来这么傻。"我仔细看了看,点头表示赞同。你立刻察觉到了危险的气息,来不及躲远,就被我的书包迎面击中。

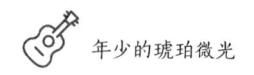

"不傻，不傻。"你从地上捡起书包，拍了拍上面的灰，又胆大包天地来摸我的头，"从小就好看，只是……"我手里捏了一枚小石子，耐心地等你的下文："只是如今凶巴巴的，一点也不可爱。"

你总是故意惹我生气。我承认自己太脆弱，突然有点儿想哭，你的墨眉，你的桃花眼，你圆圆的笑窝，通通变得可憎起来。

表面上，我是人人都夸、乖巧懂事、成绩优秀的那种女生，看起来一切都好，没有烦恼，但其实没人知晓我的烦恼。老师的夸奖常常让我如履薄冰，生怕下次考试名次会下降，只能进不能退；同学们有的对我投以艳羡的目光，有的和我保持距离，觉得我冷心冷面，不近人情。而学业的压力、人际关系的烦恼、种种波澜翻涌的情绪，在学习高于一切的原则下，似乎都不重要。

2

那段时间我过得很空虚，很没有自我，耳朵常常是竖着的状态，听你和其他女生的课间聊天，久而久之，我觉得自己像只兔子。也奇怪，一下课，女孩们都喜欢围在你身边，七嘴八舌，好不热闹。有好几次我不得不站起来维持纪律，然后被大家翻白眼，形象指数又下跌了好几分，都是拜你所赐，你可真是个"暖男"。

你说很多女生高中时数学很差、语文很好，偏科严重，我就放下心爱的小说赌气般狂练三角函数和不等式，一度把自己虐得看见数字符号就想吐。

你说女生还是留长发好看，电影里都演了，马尾辫是永恒的青春，我就一点点留长自己的头发，直到发尾扫在脖颈间，夏天热得要命却又扎不起来，委实难过。

你说热爱运动的女生最可爱，就算不喜欢篮球、足球，也应该练练瑜伽、跳跳芭蕾什么的，提升气质。你说女孩子应该怎么样，我便拼了命地去做。最后我终于放弃了，觉得一切太不值得，大概我永远也做不了你心目中的那个女生。

我决定把你当空气。我不再和数学题死磕到底，短发很配我的脸型，至于运动，芭蕾舞固然很好，但是我对霸气的跆拳道更感兴趣，以后谁要是欺负我，可以不用说话，直接揍他。

我不再那么在乎你说的每一句话，你却非常殷勤地给我买零食，和我聊天，帮我做值日，频繁地在教室外等我。你两眼放光，像发现新大陆一样地说："以前是我错了，勇敢做自己的女生最漂亮。"

后来很多天，我一转身就能看见你偷偷摸摸的样子，不知道在鼓捣些什么。我探头，你急忙挡着不让我看。

3

高考倒计时还有两位数的时候，我受了点小伤。其实也没什么，不过就是在桌子里放了个玻璃瓶，装了热水，在桌兜里骨碌来骨碌去地玩，很无聊，但也是一种枯燥的乐趣。只是不承想，玻璃瓶突然就炸了，掌心的灼热和刺痛袭来，我的眼泪瞬间就下来了。

远处一阵桌椅翻动的声音，我已分辨不出你用什么速度前来，甚至来不及得到老师的许可，飞快地拉我去医务室包扎，留下一屋子同学目瞪口呆。走远了，我才听见教室里有起哄的声音。

偏偏是右手受伤了，被包扎成一个熊掌，说不定连卷子都写不

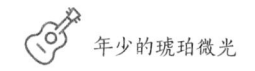

成,连大学都上不了,越想越严重,我垂头丧气地被你拉着去商场闲逛。

你端着奶茶,和我站在一台娃娃机前。最开始我们一无所获,但后来所向披靡,只要是我看上的娃娃,就没有你抓不到的。当然,那些叮叮当当掉下的硬币,是你为了让我露个笑脸所付出的鲜明代价。在那天之前,我从没有夹到过哪怕一个娃娃;在那天之后,我觉得再不会有第二个男生又笨又傻地给我夹那么多娃娃,再不会有第二个人像你对我这样好。

后来真相大白,你之前偷偷摸摸的奇怪行为终于有了合理的解释。高考后,我终于收到了来自你的生日礼物,从此我有了两本时光书。相比于第一本的精致美好,第二本很薄,做工非常粗糙,我都要忍不住嫌弃,可想起你满面通红抓耳挠腮地站在我面前的样子,又舍不得。

我慢慢翻开,会心而笑。

有一张照片是我们一起去兰溪玩,我贪凉,坐在岸边把脚放在水里;你贪玩,跳进水里把我拉到溪水中的圆石上坐着,然后拿走了我的鞋子。你在旁边配上文字:"溯游从之,宛在水中央。"

有一张照片是我们去农家摘葡萄,你非常自然地摘了一颗喂给我,被同行的人起哄抓拍,隔了那么久,我好像依然听得到自己声如擂鼓的心跳。旁边配文:"和羞走,倚门回首,却把青梅嗅。"

还有一张是我们一人一只耳机,浅眠在午后微醺的阳光里,不知怎么你从中间抬起头来,拿起手机自拍,朦胧的光影像加了一层天然滤镜,美极了。我永远不会忘掉那样的静谧,耳机里放的是我最爱的一首歌。

"我想和你虚度时光,比如低头看鱼,比如把茶杯留在桌子上离开,浪费它们好看的阴影。我还想将落日一起浪费,比如散步,一直消磨到星光满天。"

你问我:"你在什么时候会感觉最幸福?"

我说:"此时,此刻,当下,未来。"

不要小看一个女生的承诺,尽管这承诺被层层包裹。我们太默契,只把对方放在心上,妥善收藏,并且珍之重之。

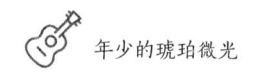

一张黑白照片

安 灿

1

前段时间网上流行晒旧照,我翻箱倒柜地找出一大堆相册,躺在床上一本一本地翻阅。在泛黄的照片中,一张张纯净的笑脸,纪念着青春最为肆意的美好!在一本相册的一角,贴着一张两寸的黑白照片。照片里是一个充满稚气的少年,整齐的头发,浓黑的眉毛,高高的鼻梁,眼睛因为过于张扬的笑容而微眯着。

"嘿,给你看我的初中毕业照。"男生从桌兜里摸索了一阵,摇晃着手里的两寸照片。

"噗,这么丑!嘴都快咧到耳根了,耳朵好像米老鼠。咦,眼睛到哪儿去了?"女生抢过照片,嘲笑着男生。

"有那么丑吗?"男生无比颓丧地说。

"嗯,也不是丑得那么惊天地泣鬼神,你可别给别人看。这样吧,照片我帮你保存,保证不让别人看到。"女生说着就把照片夹进了自己的日记本。

男生默默地妥协了。

那时，我们刚上高中，他是我的同桌。我喜欢欺负他，他总是憨憨地笑，从不与我计较。其实，我并不是喜欢欺负他，而是喜欢看他被我捉弄时，那副憨憨的样子。

这张照片就是这样被我强取豪夺来的。只是，他并不知道，他的照片在我的日记本里夹了3年。3年时间，总计1000多个日子，日记本换了几个，它也跟着日子行走着，总停留在我写日记的那一页。直到后来，我摒弃了写日记的习惯，它才被贴到了这本相册里。

2

彼时，恋爱还是禁忌，却也有些青春年少的心在荷尔蒙的驱使下，蠢蠢欲动。

教室里有关我们的流言，我们不是没有听到过。大多数时候，我们都选择装聋作哑，不去理会。实在敷衍不过去，才会辩驳几句。然而，这样的事，本就不是辩驳得清的，越是辩解，越是被人认为此地无银。

那日午后，他不在教室，不知道是什么原因，后座的男生又带头起哄，编排我和他的事。我的性格原本大大咧咧，并不会因为一个玩笑而生气，但是那时我特别害怕自己内心的秘密被发现。于是为了掩饰自己的心虚，我大声吼道："请不要再把我和他扯在一起，告诉你们，我跟他一点儿关系都没有！"

不料话音刚落，我便发现他站在后门，双手抱胸，斜倚着门框一动不动地看着教室里上演的这场"闹剧"。

我尴尬至极地呆立在原地,脑子里一片混乱。

人生是这样短暂,短暂到我回忆起这一幕情景,仿佛昨日。他到底是什么时候站在那里的,至今我都不知道。只记得,在上课前,他面容平静地问了我一句:"你真的就那么讨厌他们把我们凑在一起吗?"

我摇头也不是,点头也不是,只好摆了摆手,哈哈一笑道:"他们想怎么说就怎么说吧,我们坦坦荡荡的怕什么。"

"哦,也是,玩笑而已。"良久,我听到他喃喃自语地说道。

我木然地看着他的侧脸,心里有一丝丝酸涩。

自那以后,我不再肆无忌惮地欺负他,他也更加沉默。那种疏离似乎在我们之间筑起一道若有似无的墙,我走不出去,他也迈不进来。

3

17岁,高考结束,我顺利毕业。大学开学,我去了遥远的北京,离开家的那天正好下雨,爸妈送我去学校,火车车窗上的雨不断滑下,窗外一片模糊。

火车启动,19个小时,我到北京西站下车。

那趟火车,满载着我的怀念,我在火车上给那个早已成为空号的电话号码疯狂地发着短信。我知道他不会看到,只是因为被压抑的强烈情感需要得到释放。

林徽因说:"记忆的梗上,谁不有两三朵娉婷。"是啊,谁的记忆里都有一个让自己刻骨铭心的人。不知道在他的记忆里我扮演着什么角色，但我知道，在我记忆的梗上，穿过我文字的是他微笑的脸。

是的，多少年过去了，不知道为何，我还是会因为每一个季节的变换，每一日的黄昏，或者某一瞬间的心绪而悸动，在轻轻闭上双眼的那一刻，就会想起他面容平静地问我："你真的就那么讨厌他们把我们凑在一起吗？"这所有的情景，不止一次地重现在我的脑海。

离别像风一样，让日子一晃竟是多年，有些事情早已无所谓他知道或不知道，无所谓在某一时刻，他是否与我拥有过同样的悸动，因为我相信经历之后得到的一切体会，都是我们最真实的存在。

只不过，现在的他和我，已恍如隔世。

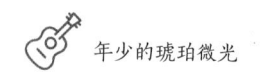

我丑过的十年

盒 子

我属于小时候好看,初中开始戴牙套、戴眼镜、剪蘑菇头,外貌急转直下的类型。按理说这是一件很悲催的事,我也的确躲在被窝里哭过:我模模糊糊地感到一些偏爱在远离自己,取而代之的是小孩子不自觉的恶意和大人偶尔的不耐烦。

在那个漆黑的被窝里,我突然不能对自己的难过视而不见了。我一边哭泣,一边回想那一件件让我感到委屈的小事。我掰开每一个细节,希望找到我到底是哪里没有做好。

最后,我哭着睡着了。第二天起来,晴空高远,我照旧背上书包去上学。我仍然可以轻松得到老师的赞扬,学校里仍然每天发生着好笑的事,从小到大的朋友仍然在我旁边嬉笑打闹,餐桌上爸妈仍然讨论着鱼有没有煮好。我来不及多想,便再一次被闹哄哄的生活裹挟着往前奔去,而奔向远方之前,那些眼泪就这样无觅处了。直到最近想起,我才会正视自己受到过偏见这件事。

初中的时候,我和朋友去外面学英语,几个人在房间里玩,我去洗澡。洗澡的时候我听见她们在玩我的相机,那里面有一张我摘下眼镜的自拍。大概以为我听不见,她们开始讨论:"她的眼睛没有这么大吧?""她应该是修图了,然后发给网友。"我听到这些,赶紧把花洒的水开到最大,然后仰起头来大声唱歌。但即便水那样大,我还是能听到外面的笑声。

初三的时候,因为发表了一些文章,我成了校刊的封面人物。校刊发下来,人手一本。下课的时候,一本杂志朝我丢过来,我一看,封面上的我被画成了一只大怪兽。混乱中,有人非要给我看,又有人扑过来非要把杂志抢走,教室里顿时乱成一团,夹杂着争抢和哄笑的声音。我记得当时我的举动,也是没心没肺地去抢,于是大家一起大笑。

当时竟然也有男生喜欢我。几个星期后,别人悄悄告诉我,有人把印着我照片的校刊封面故意贴在电线杆上去逗那个男生,而他,愤怒地撕了那封面。知道这件事后,我红了眼眶。

如果我真那么没心没肺,为什么会在触碰到一点温柔或感觉被看穿、被保护时而哭泣呢?现在想起来,我才发现,或许我早就发现了这件事——我很丑。但我只是躲避它。我附和着那些对我怀着恶意的哄笑而笑,一度模糊了自嘲与自轻的边界。

日子像一列老旧的火车,每天朝着一成不变的明天驶去。就这样,春去秋来好几度,只是不知从什么时候开始,我不再纠结于自己是否变丑,而别人的恶意是否又与我的不好看有关;不知从什么时候开始,我的性格里多了几分倔强和沉默,只是不得不承认,在隐忍坚强的外表下,深深的不自信被种下了。一度,我对"可能麻烦别人"的害怕几乎到了极点,毕竟,一个很丑的人怎么好意思再那么"戏多"呢？

很荒谬，初三时我眼睛出现飞蚊症和短暂的视野缺陷，随即被当地的医生误诊为"视网膜随时会脱落"。知道真正的病因，是很久之后的事了，其实没有什么大碍，只是在当时，我选择把恐惧埋在心里，不敢跟大人、同学诉说。不久，我又患了严重的失眠。当然，我也感到很难开口提醒活泼漂亮的舍友们要安静一些。那几年，成了我青春期最黑暗的时光。

在灰暗的底色上，我也成了一个害怕别人受到伤害的人。没什么同学的时候，我带着老爷爷参观图书馆、保护流浪狗、认识地下通道里的流浪歌手、与校门口凉皮店老板的调皮儿子建立了深厚友谊……现在回头看，尽管那段日子全然不明丽，但我也在长长的隧道里且歌且行，逐渐向隧道口的光亮靠近。

只是有时候我会想，如果不是那灰暗的几年，我是否会有一个完全不一样的青春。

从刚上初中时开始戴上眼镜，到半年前摘下眼镜，中间这十年，刚好也是我变丑的十年。没有了眼镜，我也没有了隐藏目光的借口，只得重新开始直视他人的眼睛。一开始，我还有点不习惯持续地看着别人的眼睛，以至于说话之前总是要慢慢地吸一口气，然后坐正，郑重地抬起头。令我惊讶的是，当我抬起头来，我仅仅只要抬起头，甚至不需要多漂亮，人们就会欣赏我。

一时间我有点恍惚。在不好看的时候，我曾轻易被轻视，但这并不意味着人们会一直被这样单一而粗暴的判断标准左右："好看就受欢迎，不好看就被轻视。"吸引人的终究是自信的灵魂。漂亮的人天然被善待，于是很容易自信；不漂亮的人则容易在一开始被轻视。

但生活终归要教会你的是：不漂亮的人，也可以在数以千计的孤单日子里被打磨得独立、强大，在一桩桩敏感的心事里学会共情，在他人别有用心的观察里对人性有自己的见解，从而拥有一种独特的气场。若学不会这一课，你便不能在这个现实的世界中，打赢最初这一仗。

这是我青春期最重要的一役，是我的成年礼。

今天，我已经像被流水打磨了多年的石头，不知不觉中有了自己的光泽。

我终于从漫长的梦魇中醒了过来。

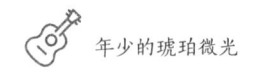

年少的琥珀微光

刘思佳

我中学时暗恋的那个男孩，高高瘦瘦，戴眼镜，数学好得令人羡慕，喜欢看科幻小说。

我们初中同班，他是学习委员，和副班长形影不离。他们一起领教材，一起收作业，一起去老师办公室，一起布置黑板报……不幸的是，副班长是个肤如白瓷、发似瀑布的女孩，我快嫉妒死了。

有时候，我们上下学会坐同一班公交车。我爱坐最后一排的位子，这样可以把车内的情况尽收眼底，知道他什么时候上车，也知道他坐在哪里、到哪里下车。我久久地看着他有点单薄的背影。回家的路上，我会跟着他早两站下车，因为这样能再打一次招呼。他一直以为我家就在下车地点附近，却不知道我下车后还要步行两站路才能到家。

年少的暗恋过程大抵都是相似的。我写碎碎念的日记，记录他前天考试得满分，昨天踢球崴了脚，今天在走廊上边走边哼歌……

我开始拼命学数学，希望有一天能在单科考试中名列前茅，好让他多看我一眼，虽然那非我所长；我开始研究各款大热的球鞋，希望有一天能买一双送给他，虽然我囊中羞涩；我开始听他喜欢的歌星的歌，希望有一天再遇到他哼歌时能立马念出歌名，虽然每句歌词听起来都那么扎心……

我们的座位相隔甚远，我靠窗，他靠墙。我无数次想要过去与他说话，却无数次将嘴边的话嚼碎了咽下去。我其实很想向他讨教一下数学，可大约是内心的骄傲作祟，做不到在喜欢的人面前示弱。

就在我如此沉迷于搜集他的一点一滴之时，旧忧未解，又添新患——隔壁班有个女孩要追他。更不幸的是，这个女孩是我的发小。

发小托我带礼物和情书给他。天啊，叫我如何推托？如果我内心阴暗一点，大概可以把情书扣下、礼物退回，然后告诉她，他残忍地拒绝了。虽然我承认这个想法在我脑中着实盘桓良久，但终究没有付诸行动。

礼物是一副护膝。我把情书和护膝都递到他面前，告诉他，是隔壁班小E给他的。

他带着莫名其妙的神情接过去，当着我的面抽出情书。我一动不动地盯着他。他表情尴尬起来，挠挠头问我："还有事吗？"我没说话便跑掉了。他与我的发小并没有下文，我长舒一口气。

我俩成绩都过得去，顺理成章升入本校高中部，只是不再同班。而那个漂亮的副班长又与他同班，我嫉妒得不得了。我每天路过走廊都要经过他们班的窗口，就故意将脚步放得慢一点，再慢一点，逡巡着搜索他的身影。

后来有一天，我们在走廊上相遇，他告诉我，语文老师在他们班的作文课上读了我的作文，说我写得真好。那一次我受宠若惊，因为

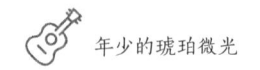

以往在走廊上相遇，我说"早啊"，他就回应一声"嗨"，有时连话都不说，只是笑笑。

从此以后，我写每一篇作文时都字斟句酌，格外上心。在我心底，这大约是我们的另一种会面方式，既无鸿雁也无书，但那些文字，我希望他看到，或者听到。

这样的暗恋实在乏善可陈，平淡得让人提不起兴趣来陈述。其实他并不帅，甚至算不上好看，眸子里既没有千山万水，也没有春暖花开。他是混在人群里最平凡的那种男孩子，眉间却自有一寸神采害人相思。

我在少女的情怀中匆忙将他安置，就像所有不彻底、不确定的事物——细雨中的日光、春天的冷、琥珀里的时间、微暗的火……一面忧虑半途而废，一面由衷地怀抱热望，像秋千摇碎在大风里，飘荡，也不减狂乱的欣喜。

有方向，就有光。

我在高考前打听到他的意向学校，立志要与他填报同样的志愿。我们上初中时成绩相差无几，可自从上了高中，他便凭借数学天赋将我甩开一大截。考上那所学校对他来说应该不难，但于我而言并非易事。我当时的成绩与那所学校的提档线还存在不小的差距，这差距压得我喘不过气来。

从那天起，我再也没有靠近他教室的窗口。那像一个禁区，埋着我所有的美梦和噩梦。我躲在教室里苦读不辍，笔记写了一本又一本，卷子做了一摞又一摞，似乎只有这样，才能在失落中捡拾出些许尚可自慰的安全感。

这种状态一直持续到高考结束。得知成绩的那一刻，我忽然有种新鲜空气涌入胸腔的重生之感——我仅比他少4分而已。

我与他报了同一所学校的不同专业。我以为一切都顺理成章,接下来的4年,我暗恋的人依旧会近在咫尺。我憧憬了无数次未来的模样,愿不负寒窗的努力,换来四载花开如瀑,那里将有静好或澎湃的岁月流年,也有他。然而我却以1分之差与那所学校失之交臂。所谓造化弄人,大抵如此。

我跑到阳台上吹风,想把郁积在心中的那些苦痛吹散。我家临河而建,脚下平静的河水被夜染成墨色,偶有波光。我仿佛做了个长长的梦,又仿佛没有。我很难过,但没有哭。

我被调剂到一所远在西北的大学,那里有大片的戈壁和无尽的黄沙。

临行那日,风沙满天,我坐上火车一路向北再向西,从此失去他的所有消息。

长达36个小时的车程,我大部分时间在昏睡,偶尔醒来望向窗外,山川、丘陵、树林、田野、道路、桥梁……恍恍惚惚,分不清自己身在何处。

我没有他的手机号,QQ倒是加了好友,但他不常在线,我始终未敢打扰。后来微信风靡,大家都转而玩微信,那个QQ头像便再也没有亮过。

我的暗恋就这样无果而终,它只用了一瞬间开始,却用了许多年才散尽余热。

后来,我喜欢的男生都高高瘦瘦、戴眼镜。我的审美习惯似乎始终固执地维持不变,及至后来我才恍然发觉,他们多多少少都有点像他。

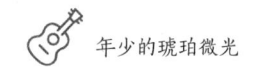

大三那年寒假,我在老家的街头看到他,他拿着外卖正要离开。远远地,我叫了一声他的名字,呼啸的寒风湮没了大半的音量,他大约捕捉到了细微的尾音,茫然回头张望。

我闭着眼都能画出那张自己梦想了这么多年的脸。他回头搜寻声音的来源,几秒之后又回过头去,渐行渐远。背影依旧是那个背影,高高瘦瘦,远远看去,跟我在大学里认识的那些"理工男"没什么区别。他没有认出我,那时我已摘掉眼镜,留了长发,还减了肥。

那是我最后一次见到他。

最好的你、我和我们

刘 斌

1

2020年伊始，网络上掀起了一股怀旧热潮，大家纷纷在微信朋友圈晒出了学生时代的同学录、歌词本、练习册等小物件。这时，有人在高中同学微信群里贴出一张高中毕业照。紧接着，沉寂已久的高中同学微信群接二连三地传来短消息提示音。

记忆有时真像一个挑食的小孩，照片里，有的人出现在正中央，我却无法记起他的名字；有的人即便没有照相留念，我的眼前依然清晰地浮现着他的模样。就像心书，她被牢牢地固定在我中学时代的记忆中，以至于高中毕业后很多年，我还是会常常想起她。

高一入学报名时，心书站在我前方，她活泼爽朗的笑声把我因排队等待而产生的烦躁一扫而光。起初，我们只是矜持地聊聊天气和食堂，没想到聊着聊着竟完全刹不住车，当下就成立了"姐妹联盟"。

那几年，我们一起去看演唱会，每天晚自习后都会钻进小吃街，

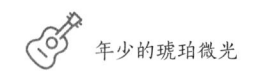

一不小心就忘记了回家的时间,害得父母经常打着手电筒满大街寻人。即便在被班主任请家长的日子里,我们也依然"不畏艰难"地想方设法在一起。

那真是一段比花儿还美的青春时光,每一帧画面都可以制作成电影里的经典片段。我们做过最傻的一件事,就是在2012年去看那场狮子座流星雨。晚自习时,我们趁着老师低头改试卷的空隙,猫着腰偷偷溜出了教室。就像谍战片里演的那样,我们掐着点躲过年级主任的巡查,小心翼翼地穿过一条又一条灯火通明的走廊,费了好大力气终于赶在9点前来到天台。

心书把纸巾铺在地上,我们并肩坐着,一阵风轻轻地吹过来,又吹过去,弥散的玉兰花香也静止了,月光一点一点填充着我们之间的空隙,辽阔的夜幕上没有一颗星星。

不知道等了多久,流星雨并没有如约而至。最后,我们竟然困得在天台上互相靠着对方睡着了。等再睁开眼睛时,光明已经悄悄地到来,刺耳的上课铃声伴随着我们的尖叫声响起。

2

进入高三后,教室后方的黑板报换成了高考倒计时牌,校园里到处都挂上了励志横幅,课间的音乐也换成了英语听力。住校生纷纷办了走读证,由父母在外租房陪读。周围的世界好像一下子陷入了紧张的竞争氛围,我和心书依旧亲密不已,却又有些不一样。

国庆小长假,我们分享着彼此的旅行计划,却在同一个补习班里不期而遇;我参加省级作文竞赛获了奖,在全班同学热烈的掌声中,她的头埋得很低;她数学测验考了第一名,放学后我就去书店抱回来几本数学练习册。面对不尽人意的分数和日渐强大的竞争者,每个人表面上都说不在意,却没有谁真正地自甘落后。

学期末大扫除完毕后,教室里只剩下我和心书两个人。门锁落下的一瞬间,我突然想起来我们已经很久没有一起回家了。彼时放学后的人潮已经退去,校园里空荡荡的,落日在远处凝成一个点,像被人丢掉的还未熄灭的烟蒂,顺势点燃了周边的云,一时间火光蔓延,整片天空被烧得通红。我们漫不经心地看着风景,彼此之间的沉默被呼呼的北风反衬得愈发明显。路程已经走了大半,我决定打破僵局,对心书说:"这次月考你考得挺不错的……""瞎蒙的,下次考试就露馅了,还是你学得比较扎实。""怎么会?数学最后几道大题我都看不懂。"之后,我们谁都没有再说话,耳畔又只剩下风声了。

整个高三,我和心书有过无数次这样的时刻,小心翼翼地试探着对方,像两只渴求温暖的刺猬,不自觉地走向对方,却又不敢离得太近,害怕被扎伤。在这种患得患失的情绪里,无论是靠近还是远离一个人,都困难重重。

多年后,再想起那个黄昏,我才发现我们在那条再熟悉不过的路上走向了各自的人生。可惜当时我们都以为那是再平凡不过的一天,所以连挥手分别时的那声"再见"都说得格外敷衍。

3

一天,班主任让我们自己准备拍毕业照时要穿的服装。一时间,大家纷纷用手机搜索姐妹装、兄弟装,每个人都迫不及待地和他人相

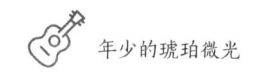

约要在拍照当天穿上同样的衣服,像是为了向所有人宣告:"我们是最好的朋友。"

可不知道为什么,我竟然没有勇气去找心书,而是傻傻地坐在座位上,假装不在意地做试卷,连洗手间也不敢去,手指漫不经心地追逐着桌子上的光线,看着它由三厘米一点点缩短成一厘米,再变成一个游离的小光点,最后消失不见。直到整座城市的街灯都亮起,我也没有等来心书的消息。

拍毕业照那天,我和同桌穿着蓝色长裙坐在照相机前面。前方,心书和几个小伙伴打打闹闹地走过来,一排鲜黄的短衫亮得刺眼。目光交汇的瞬间,我看到她的眼里闪过一丝失落,但很快就被闪光灯掩去了。

在我们忐忑不安的情绪里,高考终于落下帷幕。学校贴光荣榜那天,隔着汹涌的人潮,我一眼就找到了心书的名字,黑色小楷,端端正正,而我的名字就在她的名字前面不远的地方,它们像两个并肩凯旋的勇士。喜悦一下子涌上心头,我想立即跑去告诉心书,在未来几个月里,我们又可以像往年过暑假一样整天腻歪在一起,逛街、看电影、寻找美食,或者来一场说走就走的旅行……可还未等我迎上去,就发现她在人群中已经转身离去。

原本舒适的凉风不知道什么时候竟被拥挤的人潮清理得干干净净,强烈的阳光照在我的脸上,像一记响亮的耳光。看着她的背影,我突然意识到高考早已"鸣金收兵",而我们被永远地分隔在了这场没有硝烟的战役里。在世俗规则前,往昔日积月累的情谊终是被年少的我们无情丢弃了。

填报志愿时,我和心书一个去了南方,一个去了北方。生活少了交集后，我们渐渐失去了联系，倒是母亲有时会问起："听说赵家小姑娘也放假回来了，怎么好久没有见你们一起玩了？"

偶尔在同学会上遇见，我们似乎都像得了健忘症一样，选择性地遗忘了某段记忆，又能火速勾肩搭背，末了还不忘约着下次一起出来逛街。可待热闹散场后，我们便都各自匆忙地奔向相反的方向。

4

关掉手机后，我翻箱倒柜地忙了一整天，始终没有找到那张高中毕业照，当初那么费尽心思打扮而拍摄的照片，或许早已在某次搬家中遗失。年少时，我们总想留下些什么作为凭证，为了久别经年后回忆起来仍能与对方熟悉如昨日。长大后才明白，再珍贵的纪念品，也抵不过存于彼此手机通讯录里那份薄薄的情意。

幸运的是，我和心书的故事仅是无疾而终，没有哭闹争吵，最后还能体体面面，相安无事地留在彼此的微信朋友圈。不幸的是，我们变成了即便能看到彼此的微信朋友圈，也不会给对方点赞的那种关系，各自忙碌，甚少寒暄。

心书，当时光滤镜也无能为力时，我不会尝试去改写故事的结尾，也不会再自作主张去打破彼此之间早已平静的相处模式。久别经年，唯愿你记得，分开以后，你过得很好，我也是；在一起时，你痛快笑过，我也是。

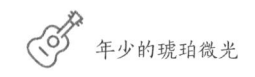

曾有姑娘也如暖阳也如月

雒　洛

　　曾有一个姑娘，她的嘴角带着笑意，像冬日里落在身上的暖阳；曾有一个姑娘，她的眼眸温柔明亮，像悬在夜空里皎皎的明月。她的温暖与美好，即便时隔许久，在繁华盛世的热闹里也依旧让我难以忘怀。

　　初次见她，是在一个大雨滂沱的午后。我站在教学楼的大厅，犹豫着是否冲进雨里的时候，她穿着校服从旁边的教室走出来，嘴角带着浅浅的微笑，手里拿着一把红色的伞。宽松肥大的校服套在她高挑的身上，别样的好看。她看破我的窘境，微笑着问我是否愿意跟她同行。我不胜感激地点点头。她将我送上公交车，我还没来得及说声感谢，回头时，她已经消失在雨中。

　　第二天，我拿了父亲从远方带回来的地方小吃去感谢她。她连连推辞，在我的再三坚持下才肯收下这份心意。阳光下，她洁白如雪的脸上泛起了一阵阵红晕。

　　虽然之后我们只是偶尔碰面时点头打招呼，但是她的影子总出现在我的世界里，一遍又一遍。周一的校会上，她作为高三学生代表讲话，枯燥乏味的例会在她好听的声音里变得有趣，清晨昏昏欲睡的我在她的无限温柔里变得清醒。在语文老师复印的高三优秀作文里，我看到了她的名字。一行行娟秀好看的字迹安静地立在空格里，每一个生动形象的句子都令我惊讶佩服。每次月考后的光荣榜上，她的名字都在红纸上夺目耀眼。

有时，我路过她所在的教室，看到她望着窗外，不知在想什么。我想，也许她也和我一样，彷徨无措。有时，她伏在桌上奋笔疾书，认真得丝毫不被周围的喧闹影响；有时，她在阳光里安静地看着书；有时，她慵懒地趴在桌上小憩……无论怎样的她，一颦一笑、一举一动都透着美好。

时光的年轮悄悄转动着，终于，高三的学子即将启程去县城的学校参加高考。离开学校的那天清晨，她拿着一大摞学习资料出现在了我的教室门口。她看着惊愕的我，温柔地说，希望她的经验能对我有所帮助。我未曾想到她会赠我如此珍贵的礼物，一时间竟不知说什么才好。我接过她手中的资料，怔怔地说了声谢谢。她微笑着与我挥手作别后转身离去，风儿轻轻吹起她披在肩上的发，阳光温柔地落在她的身上。我看着她消失在楼道的转角，连一句祝福都没来得及说出口。

自那以后，我再没有见过她。再后来，我从学校门口立的光荣榜上得知她考上了一所我不敢奢望的学校。我想，在遥远的未来，她的光芒会照耀更多人，成为更多人心中的那束光。

升入高三的那天，我们班恰好搬到了她原来的教室。我选了她曾经坐过的位置，坐在她的位置上，看她看过的风景，做她做过的题，

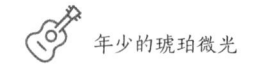

走她走过的路。

虽然她的优秀是我可望而不可即的,但是她依然成为我前行的方向。每当我绞尽脑汁也解不开函数题、背到头晕眼花也记不住单词时,每当我跟一大摞儿试卷较劲烦躁不安时,翻开她的笔记,心绪总能渐渐平复,然后慢慢找到解决的方法。

我们在大雨滂沱的午后相识,分别在阳光明媚的清晨。现在或是未来,天涯或是海角,我想我都会记得,曾经有个姑娘,暖如冬日的阳,柔如皎皎的月。

第四封情书

言 宴

故事是从一本书开始的。

笛安的小说《西决》出版的时候,我读初二。那时候我非常喜爱这本书,便经常向身边的朋友推荐,这也导致很多人向我借阅这本书。后来书到了朋友D的手上,她一脸无辜地告诉我,书不知怎的就不见了。

但在我郁闷了三天后,这本书又重新出现在我的课桌上。准确地说是这本书和夹在书里面的一封信一起出现在我的课桌上。我趁着身边没人,打开信封,像是开启一个人的嘴唇。

是一个男生的字,很漂亮。我突然有些不敢看下去,心是炎热的,像是有个太阳在胸膛里。看完信后,我的心情久久不能平复。这是一个认识我的人写的信,没有落款。我感觉……感觉他好像是在对我表白?这个念头出现在我脑海里的时候,我竟红了脸。因为在我看来,像我这样普通的女生是不会有男生喜欢的。

那天的课我上得心不在焉。

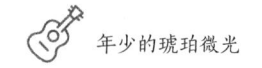

我没有想到，一周后我又收到了他的信，还是放在我的课桌上。信里说："我忘了你连我是谁都不知道（我觉得我说了名字你也不一定认识我），今晚第二节晚自习下课后，我在旭阳楼一楼楼梯口等你。"

这一次，我吓得连信都扔了。

那天好不容易熬到第二节晚自习下课，我不敢去赴约，但是又好奇写信的人究竟长什么样。纠结了半天，我还是拉着朋友D下了楼。当时我的感觉就像马上要考试了但我没有复习一样，忐忑不安。走到二楼的时候，我向一楼望去，虽然人很多，但我还是一眼就注意到了一个戴黑框眼镜的男生。他一个人站在那里，一副正在等人的样子。

我绕了一大圈从另外一栋楼的出口逃掉了。

这个男生我是认识的。去年的除夕晚会，他是主持人，我们暂且叫他F。虽然F长相普通，但是听说很有才华。我实在搞不清楚他怎么会认识我，我怀疑他认错人了，毕竟学校里还有一个和我同名同姓的女生。

这之后的一个多月我都没有再收到任何信。我大大地松了一口气，但是不知为何，心里竟有一点失落。

11月来临的时候，我和另外三名同学代表学校去参加一次作文比赛，没想到F也在。我上车的时候连忙将头转向另一侧，心中默念"看不到我，看不到我"，他好像只淡淡地扫了我一眼。我心里百般滋味，连我自己都搞不清楚到底是想让他看见我，还是不想让他看见我。

作文比赛结束后，我们几个人一起去吃饭，我和F面对面坐在一起，好不尴尬。然而他却一副泰然自若的样子，好像压根不认识我。我想，或许真的是他认错人了。

因为第二天要参加颁奖典礼，所以当天我们是住在当地的。晚上回旅馆的时候，F走在我后面。他突然叫了声我的名字，说："听说笛安明年会出《东霓》。"旁边的两个人完全不明白他为何突然冒出这句话，而我，早已手心湿润。

"是吗？其实……其实我最喜欢《东霓》了。"我僵硬地笑了笑，心想，难道他之前的行为都是假装的？

"我也是。"路灯下的他笑得很灿烂。

回到学校之后，我没有再收到任何信。有时候在学校遇到F，他会冲我点点头，我也尴尬地回一个微笑。我不知道我们这样算不算是朋友。

12月的一天，上自习的时候，F突然来找我。班上的同学纷纷向我们投来好奇的目光，一脸八卦的表情。我有些无措。

"那个……"他有些吞吞吐吐，这让我更加紧张了，"那个，你这个周末有空吗？要不要一起去看电影？D也去。"我转身看了看不远处的D，她也正看着我们，一脸坏笑。我摇了摇头。我不想被班里的同学说闲话，那些流言蜚语很让人头疼。F有些失望地离开了。

周末放学的时候，D给了我一封信，说是F写给我的。他在信里说："这应该是最后一次写信给你了。我觉得自己好像打扰你了。我不是一个大胆的人，所以这周来你们班的时候找其实很紧张。希望你不要觉得我这个人烦，我以后不会做这些唐突的事了，对不起。"

第二天我去了电影院，一个人看了F说的那部电影。我不记得任何剧情，只记得我好像哭了。我不知道自己在想些什么，干些什么。

这一年很快就过去了，我依然是个普通的女生。要不是那三封被我保存在绿皮盒子里的信，连我自己也要怀疑，F究竟是不是一个我幻

145

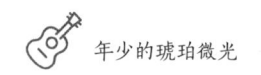

想出来的人物。毕竟他是学校里几乎每一个少女都幻想过的一个男生。

F信守承诺，再也没有给我写过信以及找过我。我现在能够确定，当时的我很失落。但是我明白这不是因为我有些喜欢他，而是因为我喜欢他喜欢我的那种感觉，毕竟谁都喜欢被人放在心里。

第二年的6月，笛安的《东霓》出版，而我也初中毕业了。参加毕业典礼的那天，F作为学生代表讲话。我坐在下面仔细地听，觉得他真的是一个很优秀的男生。那天离校之前，他来找我，送了本《东霓》给我，我们还拍了一张合影。

这之后我们没有任何联系。

我留在当地读高中，而F去了另外一座城市求学。我想应该会有很多女生喜欢他。

去年年初，笛安的《南音》出版，所有的故事都有了归宿。我买了两本，一本让D转交给F。有一天，D开玩笑般说道："那天我和朋友去F家给他书的时候，看见了你们的合影。朋友问他你是谁，你猜他怎么说？"

"怎么说？"我有些紧张，像当初收到他的第一封信一样。

"他说，这是他以前喜欢的女生。"D狡黠地笑了笑，"我当时插了句话，我说，其实她也是喜欢你的。"

我沉默了几秒钟。

"喂，你不会真的喜欢他吧？"D有些疑惑。

我想是的，因为他送给了我青春里最美好的礼物。

"我想我喜欢的是他写给我的第四封情书。"

一封关于值得被爱，关于美好回忆，写给青春岁月的情书。

她在我窗边种下向日葵

谙幕晓

从小镇转学来到大城市，我依依不舍地泪别了昔日的好友，变得沉默又敏感。

面对着班里一副副陌生的面孔，圆形、长条形、方形的脸在不停地张合嘴巴，我甚至不知道他们嘴里说的名字对应着哪一个人。长得好看的、一般的，甚至不起眼的同学，好像都有自己的小圈子。

班主任让我在课间多出去和同学们接触，我嘴里答应着却始终迈不出第一步。从走廊上往下望，楼下是一群嬉笑玩闹的男生女生，我闷闷不乐，心里想的却是家乡的好友。

"你在干什么呢？"突然，一个扎着斜马尾的女生凑到我跟前。

她扬起嘴角灿烂的笑容，闪闪发光的眼睛看得我有些难为情。她是第一个主动和我交谈的女生，看着她友好的模样，我顿时感到一阵暖意，心里那座冰山似乎在慢慢融化。

我牵动嘴角，努力回她一个微笑，却还是有苦说不出，只挤出了三个字："没什么。"

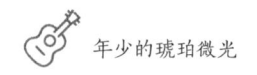

女生问起我的家乡以及兴趣爱好,我简单地回复后,上课铃声适时响起。

后来的某节体育课,自由活动的时候,同学们快速地领完了运动器材,而我一个人在操场边走着。看着男生们喊着口号传球,女生们手挽着手三三两两地去买橘子汽水,我低头盯着操场上延伸到远处的白线,仿佛自己已然成为一个"小透明"。

"小谙!"循着声音望去,是走廊里那个纤瘦的女生,她用力地向我挥动手里的羽毛球拍。

"要不要一块儿打羽毛球?"她跑过来问我。

我看着她,又看了看她的羽毛球搭档,心想,她们玩得正好,再拉上我怕是要占用她们体育课的快乐时光。大概是见我犹豫不决,她的搭档也友好地邀约道:"一起吧,这样才好玩儿。"

于是,我欣然答应——这样的善意换作任何人都不会拒绝吧?

我们三局两胜,轮流上场,直到下课铃响。那个扎着斜马尾的女生在收起羽毛球拍时仍兴致盎然,直夸我打得好,她玩得很高兴,末了还跟我邀约下节体育课再一块儿打羽毛球。

她转身走入教学楼间西斜的暖阳里,周身染上了一层淡淡的金黄色。看着她甜甜的笑靥,不知道为什么,我觉得自己整个人都开始变得软软的,快要融化在她的笑容里。我的心里不禁涌起一阵阵感动,点点头直冲她笑。

也是在那天的体育课上,我才知道了她的名字——李清,连名字都美好如玉,如清泉般源源不断,滋润心田。她主动挽起我的手拉我回教室,我低头看那修长的手臂,既觉得好看,又觉得特别有力量。

是那股力量打开了我的心窗,还在我的窗边种下了萌芽的向日葵。

  我接受了转学这件事，也接纳了这个陌生的班级。当前桌和我说话的时候，我不再游走于一个人的世界，不再惜字如金，而是认真地聆听，试着去回应他。慢慢地，我把家乡的好友放在了心底，开始用心感受身边同学的热情，与他们真诚相处。

  当然，和我最要好的还是李清，志同道合的我们在短短几个月里就变成了"双生花"，手挽着手走在放学路上，那是我期待走向多彩人生的姿态。

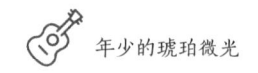

17岁那年夏天的"娃娃头"

西门媚

8月，春熙路。我捏着娃娃头雪糕，雪糕已经开始融化了，化了的浓汁要滴下来。我小心吮掉，不能让它掉在我的白裙子上。

这是我买的第二根娃娃头雪糕。

1987年，当时正流行娃娃头雪糕。我们都喜欢那松软甜腻的奶油与巧克力混合的口味，更喜欢它独特的造型，就像一张可爱的娃娃脸。用现在的标准来看，那就是一张标准的"萌"脸。

3毛钱一根的价格，对正读高二的我来说，相当不便宜。

平时，我哪舍得连着吃两根娃娃头雪糕呢。学校食堂的炒肉片一份才3毛钱，小吃店的酸辣粉一碗才8分钱。

但此时，等待的焦虑已经让我忽视了价格。

这一年的暑假特别漫长。前半个假期，我在等一封回信，此刻，我在等一次见面。

信寄出去了很久，但我没收到回信。

最后一封来信，是在放暑假前收到的。他跟我说，他得了全省物理竞赛第一名，8月会到成都领奖，能在成都多待一天，我们到时终于可以见上一面。

我马上回信给他，跟他约定，当天下午两点半，在春熙路的新华书店门口见面，我会穿一条白裙子，手里拿一本《读者文摘》。

当时学校已经快要放假，但他家就住在学校里，信寄到学校他仍然收得到。我却没收到他的回信。7月，我每天都去收发室，等得心焦。

终于到了8月初约定的日子。

之前我为天气忐忑过，怕那天下雨或者降温，结果一切还好。我到得比约定的时间早，按捺住激动的心情，先到书店里逛了逛，很快就回到门口，在台阶上徘徊。

在那个通信极不方便的年代，我们与人相约都是这样，不见不散。

我们没见过面，但我确定他能认出我来，因为我手里拿着一本《读者文摘》。我们是这本杂志的忠实读者，经常会聊这本杂志上有意思的内容。

我和他是笔友。

20世纪80年代的笔友有点像现在的网友。很多中学生都有笔友，有些人的笔友来自杂志上的征友广告，我的这名笔友来自"连环信"——他发出的给几所学校同年级的学习委员的"连坏信"。

在最初的通信里，我们相互介绍，很惊喜地发现，我们有许多共同的爱好，比如，喜欢一些小说和诗歌，喜欢计算机程序设计，也都喜欢《读者文摘》。

认识一个人，抛出一些问题，问一问爱好，发现彼此相同，便觉得欣喜不已。在少年时，我们更是这样，特别希望找到可以引为同道的人。

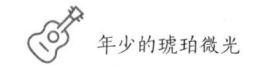

他的信写得很好，笔迹清秀潇洒，文采也不错。我觉得自己在这些方面并不比他差。

他在重庆永川，信寄到成都要一周时间。一来一回，要半个月。很快，我们加了分量，改成每周都写一封信。我们在信中交流各种看法，相谈热烈，觉得越来越了解对方，觉得身边的同学都没有笔友能理解自己。

他寄过两张小小的照片，是他自己在暗房里冲洗的，黑白的，一群学生的合影。他没说哪一个是他，但两张照片有差别，我大致能猜出那个站在岩石上的和站在球场中间的人是他。

我知道，这意味着我应该寄出一张自己的照片。我也有很好的合影，站在一群同学中间，照得很好看。但在少女时期，我经常因为自己"觉得自己好看"这一点而害羞。这种心理，后来还时常泛起。我没寄出照片，但我认为这并不影响我们之间通信的趣味与热情。

1987年，春熙路的新华书店是我常去的地方，也差不多是我唯一熟悉的商业场所。我理所当然地认为，到了成都的人，首要的事情就是逛这里。所以，我把这次见面的地点定在这里，是非常合适的。就算我们不见面，他也会到这里来的。

我在新华书店门口走来走去，拿着《读者文摘》，把杂志名字朝向外面。天热，手心里都是汗，杂志的封面都被我攥得皱了起来。

我想起在《读者文摘》上看过的一个故事。也是笔友见面，双方约定见面时，女方在胸前插一朵玫瑰。小伙子在车站见到的是一位胸前插着玫瑰的老太太。他鼓足勇气，仍旧热情地去跟对方打招呼。老太太告诉他，是身后的那个美丽的姑娘给她的玫瑰，这是为了考验他，看他是否只爱年轻、美丽的女孩。他完美地经受住了考验。

我在读到这篇文章的时候，就认为，笔友见面，真是一件浪漫的事啊。

下午五点半，我终于明白，我们不会见面了。离约定的时间已经过了3小时。这个下午，我在新华书店的台阶上，吃掉了两根娃娃头雪糕，却没有等到笔友。

那是没有电话的时代，一场约会未果，却没办法知道原因。

高三开学的时候，我听燕子说，收发室里有我的一封信。我去取的时候，信已经不见了。我写信给笔友，然后算着时间去收发室等信。

这一封来信总算收到了。原来，他并没有收到我在假期前写的回信。他的家长就是学校老师，觉得他已经进入高考备战时期，不该把时间浪费在通信上，所以，经常会去收发室取走他的信。

我也进入了丢信的时期。

我的信，经常在收发室里就莫名地消失了。

我疑心是小敏或我的同桌干的。我问过同桌，他不承认。我没去问小敏。我已经很久不和他来往了，我不想就此破例。

我和笔友的通信，变得有一搭没一搭的。我的回信对方没收到，对方只能算着时间另起头写信。渐渐地，这就不再像交流，而是对着空气说话。终于，我们放弃了。到了高三下学期，我们失去了联系。

两三年以后，我偶然在火车上遇到那所中学的一名校工，问那名校工是否知道他。校工说："当然知道。他很有名，考上清华大学了。"这是我最后一次知道有关他的消息。

我们曾经擦肩而过，只是没有认出对方。在一封信里，他说，高二那年暑假，他到成都领奖，第二天下午，他和老师、同学一起去了成都最大的新华书店——就是春熙路上的那家。

153

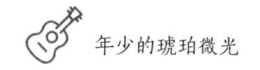

诗 人

申赋渔

　　有一天，我走在教室前面的长廊上，一个同学靠着木柱子笑吟吟地喊着："poet。"这是他刚学会的单词。我回过头，看看四周，没有别人，他是在喊我。我没有理他，装作没看到他。

　　他们已经知道我给女同学写诗的事了，从此他们便叫我诗人，拖着长长的调子，嘲讽地喊着"poet""poet"。

　　我给这个女同学写了好多首诗，可是没有一首打动她。高中三年，我们只说过一次话。那是一个清明节，在烈士陵园，说的话只跟烈士有关，没有一点儿浪漫气息。高中毕业之后，我偶尔听到过她的消息，每次听到，心里总会一动。那是我最早爱上的女孩，我的感情很强烈。在我现在这个年龄，再回头说这样的话，是不害臊的。可是在当年，我给她写了那么多首诗，全都离题万里，从来没敢写上"爱"这个字。

　　因为她，我喜欢上了诗。大家喊我"诗人"，虽然知道他们是在嘲讽我，虽然我从来不答应，但我认为我就是一个诗人。我每天都在抄诗、写诗。我自己做了一个厚厚的本子，封面用一块布平整地糊在一张硬纸上。内页都是白纸，边缘裁得整整齐齐。我借了铁头叔的锥子和针线，把本子订得漂漂亮亮。在这个本子上，我抄北岛、顾城、杨炼和江河的诗，抄余光中和郑愁予的诗，也抄惠特曼、普希金、波德莱尔和里尔克的诗。所有我觉得好的诗，我都抄在本子上。我把他们的诗抄在正面，把我自己写的抄在每一页的背面。

我还抄过法国诗人拉马丁的《湖》。我对他的印象，就是这么一首诗："由着这波涛不停地流向远方，直把我送往无垠的长夜……"

每个诗人都有自己的桃花源，就像情人总能找到自己的伊甸园。我在自艾自怜的爱情无望之后，忽然在校园后面的小河边找到了我的诗兴。除了上课，我就在此流连徘徊。

在学校的背后，有零零落落的四五座草房子。草房子周围是棋盘一般的菜园，一小块一小块的。各家地里长的东西都不一样，有青菜、辣椒、茄子、西红柿，也有不多的薄荷、金针菜或者围在田埂里的芋艿。种芋艿的田地靠近小河。我们每天早上和傍晚都会走过这些田地，走到河边，沿着小河，一边走，一边读书。

小河的岸边长着并不浓密的芦苇。有时候我们会拔出芦苇嫩嫩的芯，嚼一嚼，吮吸里面的甜味。我读了马拉美的那首《牧神的午后》之后，也尝试着给自己做了一支芦笛。可是这支芦笛只能发出"呜呜"的声音，从来不曾召唤出什么精灵，倒是引起一些在河滩上淘螺蛳的鸭子的注意。这些鸭子并不全是对主人忠诚的，它们偶尔会把蛋下在水边的芦苇丛中。我捡了几次，后来又把它们放回了原处，因为我不知道该拿它们怎么办。我甚至认为，这些蛋，是一些鸭子故意遗漏在这里的，它们会抽空把蛋孵成小鸭。

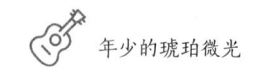

这条小河的河面算得上宽阔。学校附近没有桥，桥在很远的地方。河对岸是空阔的田野，偶尔有人牵了牛来河边饮水。大多时候这里都是静悄悄的，毫无声息，像是另一个世界。

河面是宽的，河水却是浅的，可以看到河底的水草缓缓随着水流在摇摆。然而大部分的水面并不这样空着，水中央长着荷叶，在靠岸的地方，被人们围了一些小方块，方块里长着荸荠或者慈姑。这些都是我喜欢的。有时候，我会脱了鞋，光着脚走到这浅水里，用脚去踩泥里它们刚刚长出的果实，踩到了，心里就生出说不出的高兴。我不能把它们挖出来，因为挖出来，一整棵就没有了，它们的主人会看到，会生气。如果在收获的季节，正巧碰到主人们在挖，你只要在旁边站一站，他们就会热情地拿几个给你。他们知道我们是学生，是知书识礼的高中生。他们会说："吃吧，好好读书，上大学。"

我就在这河边行走和发呆，甚至许多个夜晚也在这里流连，听蛙鸣，看星星点点的萤火虫。我像个写生的小画家，我把这一切，都写成了诗。

我上小学的时候，就跟同学说过我的理想，我想当一个作家。好几年过去了，上高中了，我还没有写出一篇作品。没想到我最先写出来的，倒是诗。那个女孩，收到诗的女孩，不知道她读了没有，不知道她有没有拿给别人读。我再也不敢把我写的诗给任何人看了。我每天写着诗，自己读一读，然后，工工整整地誊写到我的那个大大的、粗糙的诗本上。

我是个有野心的人。在写了一年多的诗之后，我开始偷偷地抄下那些刊登诗歌的报纸和杂志的社址，我想投稿。

这是个只有一条街的小镇，学校临街。学校的大门是两扇铁栅栏，上面用铁丝加了个拱，拱上写着我们学校的名字。门的一边是传达室，里面有一个戴着老花眼镜、永远在看报纸的老人。他不太管进进出出的人。传达室的窗户外面，夹着一封封信。惦记信件的人，常常会把脸凑过去看。

传达室在校门的西边，再往西，是一望无边的田地，街延伸到我们这个学校就到头了。校门的东边，是各式各样的店铺。街不宽，两边都有店，店主人站在各自的店门口，隔着街就可以聊天。什么店都有，烧饼店、农药店、肉店、服装店……一直开到这条街东边的尽头。尽头横着一条大河，河上有一座大石桥，桥正对着这条街。过了桥，又是绿绿的、无边的田地了。

我们当然每天要在这条街上逛来逛去，可是这些店铺全都跟我无关，唯一与我有关的，是邮局。

邮局不在街上，要从街面上一个小巷子进去。巷子口的墙上，有个醒目的邮局的标志。小巷子进去不远，就会看到一座单独的房子，门口有一棵高大的七叶树。七叶树开花的时候特别好看，像满树悬挂着燃着白焰的烛台。邮局的大门就在树下。

坐在柜台后面的是一个女孩，跟我年纪差不多。女孩的眼睛里总带着笑，她抬起头，伸出纤细的手，递给我一个信封、一枚邮票。我就在她的面前，把誊写得工工整整的诗叠好，塞进信封，然后在上面写上杂志社或者报社的地址，贴好邮票，递回给她。她带着笑看我一眼，把信接过去，丢在她身后一个大筐子里，然后轻轻地朝我点点头，轻得几乎看不出。我也点点头，转身离去。整个过程当中，我们不说一句话。

高三最后的大半年里，我每个星期都来寄一封信。直到我毕业了，要离开了，我们也没有说过一句话。然而，她每次都会对着我轻轻一笑。这个笑，是在变化的，同样一个笑，里面有着不同的内涵。在这微笑里，我们越来越熟识，我们越来越友好，我们越来越亲密。这个每周一次的轻轻的笑，成了我不断写诗、不断投稿的动力。

这个每天坐在柜台后面的女孩，每次从我的手里接过那厚厚的信封时，她不知道这里面的诗，有许多是写给她的。也许她知道是写给她的，她一定知道。因为从我回答给她的更为热烈的笑容里，她已经明白了我是多么地爱她。而她呢？她的笑容也回应了我的爱。我们已经心心相印，只是我们不说一个字。

毕业了，我没考上大学。我在离开故乡之前，又去了一趟这个小小的邮局。我已经忘了我为什么要骑着自行车出来。我已经在外面逛了一天，突然就想来邮局看看。

排在我前面的是一位老奶奶。老奶奶有无数的问题要问她，她细声地一一回答。我想不到寄一封信能有这么多的问题。我也想了好多问题，想一会儿去问她。可是轮到我的时候，看到她对我热切的那一笑，我立即就张口结舌了。我看着她，把钱递给她。她像往常那样，递给我一个信封、一枚邮票。我不敢看她的眼睛，就紧紧地盯着她递给我信封、邮票的那只手。手指细细长长的，像要透明了。指尖上有一抹淡红，像害羞的脸。我接过来，把一首没有任何发表希望的诗投给一家杂志。小小的邮局里只有我们两个人。我把信递给她，她接过去，她的嘴唇动了动，像要对我说什么，可是终于什么也没说。她转身把信投在后面的筐子里。我还在柜台前面怔怔地看着。她看看我笑了，笑容与之前的完全不一样，无比的灿烂，像在画板上突然画出一颗金黄色的太阳。她也看出来我想说什么，可是我什么都没说。听到门外有人走进来的脚步声,我转身走了出去。

到了门外,到了七叶树底下,我的泪水突然涌出来。我知道,我再也见不到她了。

三十年一晃而过。今天,在我又想起她的时候,我的脸上依然会带着甜蜜的笑容。就像我刚刚从七叶树下面走过,跨过门槛,她从柜台的后面抬起头来,那样的年轻,那样的美丽,那样甜甜地朝我微微笑着。她永远在那里,无论我变得如何的苍老,她都是这样。

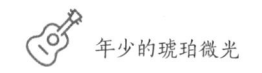

滑板是一个自由的梦

GA

今年夏天见到小寻，她穿着短衣短裤，露出的膝盖上染着一片紫晕。"哈哈，前天玩滑板又摔了，涂了点紫药水。"见我盯着她的腿看，小寻笑着解释了两句。我竟不知道，原来小寻也玩滑板啊，如果不是见到她，我都快忘了，我是怎么玩起滑板的。

小寻是个酷女孩，从内到外。她从小立志当女强人，凡事只靠自己，不靠别人。中学时期的她学习勤奋刻苦，是个"刷题狂魔"，同时还是校女篮队长，上大学之后爱上嘻哈文化，拿出刷题的劲头追自己喜欢的组合，巡演时必站于前排，直接去音乐节做了志愿者。好像小寻喜欢玩滑板是理所应当的，酷酷的女孩喜欢象征自由的滑板，一切都符合我们的刻板印象。

而我跟小寻不同，我从小就是个普通的听话的小孩，从小学时起，每年拿"三好学生"奖状，骑单车的时候会用两只手把住车把手，除了挑食（不爱吃素菜）这一点，我就是那个"别人家的小孩"。

时间长了，我也觉得乏味，但又好像确实没什么东西能让我提得起太大的兴趣。刚上中学的时候，在中学生里掀起了一场日本动漫浪潮，同学们在课堂上偷偷传阅翻得卷边的、不知是正版还是盗版的漫画。"中二"少年人人都有自己的动漫偶像，整日把热血台词挂在嘴边。我却悄无声息地躲开了这场浪潮，没有被一片浪花打湿。

我也不是没有兴趣爱好，翻翻闲书、看看电影，偶尔弹弹琴，不咸不淡，岁月静好，因循着文艺青年的生活方式。我知道自己压根不是充满激情的人，只是偶尔也会羡慕别人有可以让自己全情投入的兴趣爱好。

直到高中的一个假日，我不知在哪儿看到了一个少年在街头玩滑板的视频。看着滑板起落、停止，看着视频里少年专注的神情，我感到血液里的热情被唤醒，滑板触到了我的燃点。

我决定学滑板。那时候，在小镇上的大人眼里，与玩滑板相对应的是街头小混混，或者是不好好读书的不良少年。玩滑板也算是我的一次清醒的叛逆行为，是我难得在激动之下做出的决定。瞒着家人托同学从网上买了块滑板后，我的滑板生涯就开始了。

我的平衡感似乎天生就比较差，刚开始学着上板，手紧紧地握着栏杆也站不稳。从傍晚到天黑，总算是找到了点"脚感"，能站上板了。找到"脚感"之后就容易了些，多试了几次就能滑起来了，但悲剧也发生了——

发现自己这么快就能滑起来之后，我不禁有点飘飘然，迅猛加速后，一下子失了重心，把自己摔倒了。一时间，屁股被震麻失去了知觉，半分钟后开始疼，我几次尝试爬起，却都因为太疼，而不得不放弃。我索性在地上躺了七八分钟，尾椎骨直到第二天还隐隐作痛。

爬起来之后，由于过于急躁，我三番五次地在刚起步的时候就把板子踩翻。好不容易静下心来，跟顿悟了似的，一下子就能够平稳地滑行了。我微微使力，在广场上慢慢滑过来、滑过去。然后我开始学着转弯，起初控制不住，身体总跟着脚板一起前后左右乱晃，弯没转过去，倒先把自己晃晕了。但很快，我鼓起劲多试了几次，就学会了转弯。

学滑板要入门真的不难，看着网络上大家的学滑板日记，似乎得摔上七八十次才能站上板子，但真正去试了才知道，只要静下心来，别急躁，顺畅地滑起来也不难。

第一个晚上，一次不行再试一次。丧气了，深呼吸重新振作起来，只被撂倒了一次，我就学会了滑行带转弯。再往后，我就成了小广场的常客，每天吃完晚饭，就拎起我的粉色小滑板，迫不及待地去广场上玩。我常常需要跟跳广场舞的阿姨抢地方，也需时刻注意千万别碰到横冲直撞、神出鬼没的小朋友。

我对玩滑板没什么太大的追求，不想炫技，也没想把滑板玩成极限运动，只是想可以像第一次在视频里见到的那个玩滑板的少年那样，猫着腰，微微晃动，调整着身体重心，轻松自在地从人流中穿过。我只是想学会"刷街"，然后让自己沉浸在"刷街"的简单快乐中。

当我站上滑板滑起来时，就感觉烦恼同人群一起被甩在了身后，只有迎面的风。风触到汗滴，汗滴被蒸发带来凉意，清凉的感觉在不断地提醒我：我是自由的，我可以穿越一切，也可以甩掉一切。

起初，我也对玩滑板的少年抱有些许偏见，总以为他们尽是些留着长发，穿着长短不一的衣服和破洞裤子的不良少年；或者少言寡语，看起来冷酷高傲，似乎世界上无人能理解他们的孤独。

其实喜爱滑板的男孩女孩们都是很热情友善的，滑板也常常能成为一个团体的联结物。小程就是我在小广场上认识的一个玩滑板的女孩，据她说，她的"师父"也是她在广场上认识的。有一年假期，我去成都玩，路过一个装潢时髦的滑板店，一个留着脏辫发型的瘦高男生倚着门框，看起来一副生人勿近的样子。当我提起我也玩滑板时，男生一下温和了许多，笑着和我聊起了滑板。

上大学之后，虽然我也把滑板带在身边，但没怎么拿出来过。积灰很久之后，有一天看到几个小姑娘拉着滑板回宿舍，又勾起了我的回忆，我也把滑板拿出来溜了溜。

我碰到一个慢跑的男生，我脚踩滑板蹬了两下便超过了他，过会儿我慢下来，他就匀速前进超过了我。我一看，憋着口气，特意使劲地蹬了两下上去超越了他，谁知他又慢悠悠地从后面赶超了我，还看了看我，意思是"你就滑这个速度"。

几个回合下来，我便急了，右腿一顿猛蹬，然后滑板就飞了出去，左脚脱离板面之后，惯性还刹不住。但我踉跄了一下后马上调整步态，佯装镇定，假装在跑步，假装不认识那块飞出去的滑板。

看来许久没有碰滑板，"刷街"技能大幅下降。

兴趣爱好不分二六九等，街头项目与室内文艺也无甚界限。我以为，只要是你所热爱的，就尽力去抓住。于我而言，滑板是顺遂人生的小插曲，是平淡生活的调剂品，是接收快乐的一个旋转开关，是灰暗心情里绽放的小礼花，是一个自由的梦。

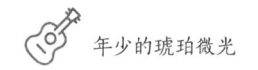

桐花万里路

吴祖丽

有时候，想起我的中学时代，好像总是隔着一层雾。

我整个人也在迷雾里，一天到晚飘飘忽忽的。人安安静静地坐在教室里，心思却不知飞到哪里去了。

教室在教学楼一楼最西端，窗外有棵泡桐树，粗壮高大。一年四季，看花开花落、叶繁叶凋，比听老师讲课有意思得多。

泡桐是先开花后长叶的树。起先不过是枝干上冒出了一两处浅棕色的苞芽，慢慢大起来，稠密起来，连成一片米粒大的烟紫色。春分过后，天长日暖，向阳的一侧先开了几朵花，小喇叭形花瓣静静垂下来，风一吹，便风铃似的摇摆起来。我不知道为什么，看着看着只觉得心里忧愁。

泡桐树南面是篮球场，有班级正上体育课，一个当时在学校里风头很劲的男生正在起跳，投篮，进了。他快乐地用双手抓住篮筐，把身体吊起来，眼神瞬间明亮无比。听不见他们的呼喊，那种感觉像看一段默片，越发遥不可及。

有个小黑影儿在大门口扫地，簌簌地，不厌其烦地重复着一个动作，弯着腰更加深了他的驼背。猛然间，他身子一震，丢下扫帚疾步往门卫室跑。我下意识地竖起耳朵，果然，从一默数到七的时候，下课铃叮叮当当地响了。

　　春日迟迟，卉木萋萋。逐日看着桐花繁盛起来，几场春雨过后，满树都是紫郁郁的。花瓣浅紫，间有半紫半白的蝴蝶斑纹，花开时散发出淡淡的草木清香。桐花爱成群结队地开，一嘟噜一嘟噜地簇拥在一起，勾肩搭背，窃窃私语，有说不完的悄悄话。一团团，一簇簇，映着丽日晴空，像一笔捺下去在宣纸上糊里糊涂润开来，谁知剑走偏锋，竟是不能再好了。

　　也有那孤零零地开在枝头的花，被风吹着，不过落得更快些，开始是一两朵，然后是三五朵。坐在教室里，疑心也能听到花落的声音——噗的一声，令人兀自惊心。你听到花落的声音了吗？

　　向来是花繁鸟喧，几只长尾巴喜鹊竟在泡桐树上安了家，日日在枝枝叶叶间穿梭不停。没过几日，那高枝上多了个褐色的鸟巢。

　　同桌轻轻地踩了我一脚，我会意地转过头来，数学老师正在讲台上目光炯炯地盯着我。我假装镇定地收回目光，再看书，早讲到了下一节。数学老师是新来的，还没训人呢自己先脸红了，因为上课时喜欢一手扶腰，一手写板书，姿势颇为妖冶，所以得了个外号　"茶壶"。我们总爱欺软怕硬，一上数学课班上小纸条满天飞。我只是走走神，还不算什么。

　　清明前后，窗外树下已是花落成蹊，树上的花却不见少，总是一边盛开，一边飘落。偶有面目清秀的女子从树下走过，当真是美景，花落发上，花落衣袂，皆为草木因缘。

165

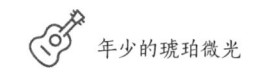

晚自习的时候，外面落了雨。路灯昏黄地照着，泡桐树下雨丝如线，朦朦胧胧的，像一帘幽梦。那晚又停电，大家习以为常，都从课桌里取出蜡烛点上。我的蜡烛刚巧用完了，正踌躇着是去小卖部买蜡烛，还是回宿舍睡大觉。有人递了一支蜡烛过来，转头看到是你，我心里一震，觉得自己脸都红了。你什么话也没说，我才反应过来，是同桌问你借蜡烛，你不过是顺手给了我。

可是那晚，我一个字也没看进去。同学三年没说过几句话，我想你亦没有注目于我。我坐第一排，你坐最后一排，总有万里迢迢、隔江隔海之感。

年少时的感情总是这样，充满忧伤和懊恼。怎么永远是这样，我喜欢的人不喜欢我，喜欢我的人我不喜欢。

你安静少语，喜欢独来独往。我们嘻嘻哈哈往宿舍走去的时候，你一个人低着头向校门口走去，路灯投下长长的、清瘦的影子，无比落寞。

我只是看着你，却从未上前。我隐约知道，我喜欢的，只是臆造和想象出来的一个人，但那个人并不是你。

桐花落尽的时候，春已益深，花落叶发，交替更迭，人却早已天涯路远。

少年的你

李烤鱼

其实我已经很久没有梦到 17 岁时喜欢过的男生了。

1

21 岁以后人生转轮开始调到高速挡。考证，实习，在纷繁的人生选项里搜寻可能性，感情匮乏贫瘠，心态胶着得像一摊化不开的水泥。忙着生存的人，没工夫对异性动心。

但莫名地，最近开始频繁想起少年时代希冀过无数次的人。

长着小虎牙的挺拔男孩，穿大号球衣，上课铃响起之后默数 3 秒，他就会厚脸皮地抱着篮球出现在教室门口大声喊"报告"。

于是我不自觉地养成了数秒的习惯，偷偷地一遍遍复刻这个过程——课间 10 分钟结束，17 岁的年轻孩子们的嬉笑声层层归于寂静，穿 3 厘米中跟皮鞋的女老师推开门在讲台站定。

2

"三，二，一。"他穿着打湿前襟的球衣，明晃晃站在门口笑。

我整个青春时代的心跳声，就在这三秒里震耳欲聋，反复回响。

我后来想，大概我人生中最集中的心动和喜欢，已经在17岁这一年用光了。17岁以后在所有的亲密关系里索取或得到的爱意，都是对那场"大型心动现场"的模仿和沿袭。

前几年流行过一个句子，说年轻时不要遇到太惊艳的人，否则他就会成为你的朱砂痣和白月光，你以后遇到的所有人都会不自觉地被拿来和他对比，而你只能在反复的失落中念念不忘。

我一度笃信过这套说辞，直到兜兜转转几年后，17岁时喜欢的男孩子站在我面前，说他喜欢我已经很久。

这是我幻想过无数次的场景。我以为自己在这样的画面里，可能热泪盈眶，可能喜极而泣，可能满怀感恩——无论如何，这都应该是一个值得雀跃的时刻。

但我没有。

他炙热的目光紧盯着我做出反应的时候，我开始焦灼。

我考虑我们两人异地的距离，考虑自己单身已久是否能适应亲密关系，考虑双方的兴趣、个性，甚至考虑消费习惯，考虑物质差距……在复杂情绪纷至沓来的当下，我突然惊觉：我好像早已经没那么喜欢他了。

那个我心心念念想要得到的"物件"，不知道什么时候起，已经可以被很多客观因素劝退，变成了轻飘飘可以放手的东西。

我想起结束初恋那年，在熟识的姐姐家里号啕大哭，我声色俱厉地控诉对方"劈腿"，边流泪边放狠话说自己今生再也不会和他有一毛钱的交集。哭完我问姐姐："怎么办啊？我觉得我再也不会喜欢别人了。"

姐姐就温柔地帮我拿纸巾，说没关系，难过就尽管哭，你以后可能还要在爱情里受很多折磨，但没有一次会比第一次经历它的时候更刻骨。但我能告诉你的是，你会慢慢长大，你还会爱上很多人，会一点一点明白，爱与恨，不是那么极端的东西。

3

两年后，我和那个我曾发誓"今生再也不会和他有一毛钱交集"的男孩重新成为微信好友，对方诚恳地道歉，卑微地请求我回到他身边，可这个我曾经在失恋期描画过很多次的场景真实出现的那一刻，我一丁点儿报复的快感也没有，有的只是平静。

我跟他讲："不好意思啊，我好像真的已经慢慢长大了。"

我一直在往前走，过去的热切渴望、怨恨愤怼，过去抓心挠肝想要的东西，想和他站在一起的人，所有这些，都被我留在身后了。

没有人会永远站在原地。

被小虎牙表白之后我思考了很久，在脑海里搜索有关他的影像。

我喜欢他什么呢，是喜欢他的笑，喜欢他说话的语调，还是喜欢他若无若无地看向我的眼神？抑或是，我只是把17岁那年旺盛的喜爱，恰好寄托在了他的身上而已。

我没想出答案。

后来看到茶道里有一个词语，叫"一期一会"，指的是表演茶道的人会怀着"难得一面，世当珍惜"的心情来诚心礼遇每一个前来品茶的客人。因为人在一生中可能只会和对方见面一次，产生一次机缘巧合的关系，因此要以最好的方式来对待对方。

我更愿意把它理解为，人这一生，对一件事、一个人，只会有一次强烈的渴望。

17岁时让我魂牵梦萦的那个人，20岁时再见到只会礼貌地对他说"你好"；20岁时让我为之痛郁难当的那个人，25岁时想到，会笑自己当年还真的蛮"琼瑶"。

米兰·昆德拉说的"生命不可承受之轻"，就在于此。

渴望会消散，痛苦有限额，珍宝会变粉末，爱人会变陌路。人生一场又一场宏大而壮丽的光景，都会变成镜花水月。

真正能享受愿望满足的时间，只有在迫切想要得到它的时候而已，任何迟到了的心愿达成，都已经失去了意义。

想起前些天梦到的场景，还是高中时代，课间操，小虎牙抱起篮球朝楼下跑，衣角鼓起猎猎的风，17岁的我站在台阶上大声喊他的名字，结结巴巴地说："×××，我喜欢你很久了，如果可以的话，我们能不能先从朋友开始做起？"

他就笑着说："好啊，那你过来，跟我站在一起。"

我在梦里一步一步朝他走过去，边走边告诉自己："你看嘛，当年如果像这样勇敢多好。"

你是年少的欢喜

柳 似

17岁的梁夏收到了人生中的第一封情书。粉红色的信封,带着淡淡的香水味,静静地躺在书包里。

她把房门紧锁,小心翼翼地打开信封,信纸上只有6个字:"梁夏,我喜欢你。"没有署名。

她把信夹进日记本,拿出数学作业。平日温顺的数学题朝着她张牙舞爪,窗外的蝉鸣吵得她连最基本的几何关系都推导不出来。会是谁写的呢?也有可能是恶作剧。时不时有些猜想从她脑中冒出,冷不丁地把她从题海里捞上岸。

第二天,她成功带着黑眼圈到了学校。被各种习题册占据了一半空间的桌面上静静立着一瓶安慕希酸奶,蓝莓味的。

"谁的酸奶?"她向四周询问,大家都摇头说不知道。梁夏拿起瓶子,左上角被做过标记,是用粉红色荧光笔画的一个爱心,颜值略低的爱心中间还包着一个字——"你"。

是那位写情书的勇士吗?一种酥酥麻麻的甜蜜和羞涩感从心底冒

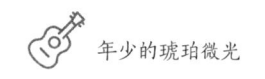

出了芽。青春期的表白，即便不知道对方是谁，也能在心底掀起惊涛巨浪。

接下来的几天，梁夏每天都会收到一瓶蓝莓味的安慕希酸奶。

每个瓶身上依旧被做了标记，除了爱心画得越来越标准，字也一天天在换。"你、是、年、少……"大概是什么暗号吧！等谜底揭晓，说不定真是班里那帮"八卦大王"搞的恶作剧。她把它们摆在桌子底下，不喝也不扔，慢慢地就没了探究的兴趣。

林新也觉得自己最近越来越像个变态了。除了每天偷偷溜进隔了一整个走廊的教室送酸奶，放学回家还要偷偷跟着她走一段路。

不过她真是个有趣的姑娘，他在心里评价梁夏。

他最开始注意到这个女生，是偶然发现她明明一出校门就可以坐28路公交车，却非要绕一段远路，舍近求远到另一个公交车站上车。

有一次又在校门口遇到她，他就鬼使神差地跟在她后面。

她会在路边的草坪上逗街上的流浪猫，拿出像是早餐时留下的面包喂它们，时不时还要把手举起来做出逗猫的动作。然后再慢悠悠地拐进巷子买一大串糖葫芦拿在手上，一个接一个地咬下去——真不怕牙齿疼，林新也看着都觉得牙齿泛酸。

一段五六分钟的路程，林新也眼睁睁地看着她花了40多分钟才走完。

他跟着她上了车，走到最后一排靠窗的位置坐下，看到戴着耳机的她轻轻靠在窗前，双脚像在打拍子一样晃动。

有一个非常"中二"的想法突然从他的脑海里跳出来，如果这个时候有坏人出现就好了，他一定会像武侠小说里描写的那样，挺身而出，英雄救美，再顺便向她要个QQ号码。

"我一定是疯了！"他甩了甩脑袋，把乱七八糟的想法赶走，继续盯着沉浸在音乐世界里的梁夏。

夕阳的余晖透过窗帘的缝隙跑到女孩的脸上，掠过发丝停靠在她细长的睫毛上，可爱的雀斑迎着阳光也生动起来。

最近学校的篮球比赛正在如火如荼地进行，她已经好多天没有在公交车上遇到那个男生了。经过多方打听，她终于知道了他的名字：林新也，知道了他是学校逆风球队的主力。

梁夏并不是第一次听说他的大名，早在公交车上注意到他之前，她就听周小川天天在她耳边念叨他们空灵球队的死对头——逆风球队里有个非常厉害的男生。

到底有多厉害，梁夏终于见识到了。不过她是一个看不懂规则的篮球白痴，只能在他进球的时候，跟着旁边的啦啦队鼓掌欢呼。

人倒霉起来果真连喝水都会塞牙，梁夏对这句话深有体会。不然的话，从远处飞来的篮球怎么就不偏不倚地落到她头上了呢？正当她眼冒金星的时候，林新也气喘吁吁地出现在她面前，急切地询问："你没事儿吧？"

她刚想摇头说没事儿，看着眼前这个眉头沁满汗珠的男生，话一出口就变成了："好像头有一点点晕，不过应该没什么事儿。"

"矫情。"她在心里鄙视自己。

不过鄙视归鄙视，当林新也在校门口向她走来，半开玩笑地说"你得让我护送你回家吧？要是在路上有什么问题，我也能马上送你去医院"的那一刻，她在心里为自己鼓掌。

已经一个星期过去了，梁夏头也不晕、手也没事了，整个人活蹦乱跳，甚至可以徒手拆篮板了。

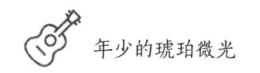

但两个人就像在心里约定好了一样，总会有个人在校门口慢慢地踱步，等着另一个人出现。然后他们一起喂路边的流浪猫，再搭乘同一辆车回家。

直到有一次碰上了林新也的同学，那个戴着黑框眼镜的男生惊奇地问他："你搬家了吗？我记得你家不是在这个方向吧？"

她的心像是被什么击中一样，之前的疑问突然有了答案。为什么早上无论她有多刻意地营造偶遇，都不会在公交车站碰到他？为什么每次问他他家住在哪个小区，他都支支吾吾地说不出口？还有很多很多，她应该早就发现的。

"你家不在这边啊？"走在路上，两个人都默契地没有说话，梁夏先开口打破了沉默。

"对啊。"

梁夏意识到，从这一刻起，已经有一种暧昧的情愫，夹杂着路边的桂花香气在两人之间弥漫开来。

已经进入了高三备考期，梁夏不再等林新也一起回家了。在紧要关头谁的时间都不能浪费，她想要的不只是当下。

林新也开始铆足了劲儿看书，为了实现和梁夏的约定，他必须提高自己的成绩。

仿佛心中有一根线，牵着他们一起往前走，朝着他们的目标前进。

最后一科考试终于结束，漫天飞舞的试卷像雪花一样洋洋洒洒，落了一地。

教导主任忙着在广播里喊："今年考试完禁止乱扔试卷啊！请大家不要……"但这场疯狂的告别仪式，无人能阻止。

在角落里，看着笑得眉眼弯弯的女孩，林新也感觉比考英语还紧张，之前想好的台词早就忘得差不多了。

"情书是我送的。"

"男生为什么还要喷香水？"

"这是重点吗？"林新也无奈地说，"安慕希酸奶也是我送的。那谜底猜到了吗？"

"你是年少的欢喜？"

"嗯，反过来也是。"

"刚刚好，我也是。"

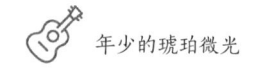

魏　升

DESERTCHEN

　　认识魏升，是在高二文理分科后。

　　那时我与他分到了同一个班级，他走进教室时，手里提着黑色的书包，正在与我们后来的班长说话。班长搂着他的肩，不知说了句什么，他的眉眼弯了弯，露出洁白的牙齿，一个浅浅的笑挂在了脸上。

　　木村拓哉，我脑海里顿时冒出他的笑脸来。魏升笑起来的模样与他有几分相似，尤其是眼睛，明亮清澈，开朗且少年气十足，总之他们都是笑起来很好看的人。我是因为看了这一眼，便从此关注他。

　　后来，他与班长成了同桌，坐在我前座。我发现，他并不是一个爱笑的人。不笑的他，看起来冷冷的，也是由于这个原因，每次请教问题，我都会找与他同桌的班长。但面对我的问题，有时班长也苦恼起来，于是他推一推魏升的手肘，我便被安排得明明白白，只好等着魏升转过身来给我讲题。

　　魏升思考问题时微微皱着眉，拇指和食指会习惯性地将扣在黑色签字笔上的笔帽分开又合上，嗒嗒作响。

起初面对这样的魏升，我小心翼翼，显得拘谨，听着他低沉冷静的声音，还没来得及在脑袋里消化掉解题的思路与过程，就看见他已经在草稿纸上流利地写出一长串公式，并且圈出了最终的结果。

"懂了吗？"他问。

我愣愣地，也不知该点头还是摇头。于是，他耐着性子再讲一遍。

后来在高三的元旦晚会上，我才知道魏升会吹口琴。他的节目被安排在开场，起先也没人剧透过，因此一报幕，班里的同学都惊呼起来，我自然也是其中之一。但他在众人的惊呼声里淡定极了，神情专注地擦了擦口琴，吹了两声试试音，口琴声便婉转地响起来，他吹奏的是《送别》。

音调舒缓而悠扬，教室里霎时静下来了，一些人安静地听着，一些人悄悄地说着话。教室里挂着一串串小彩灯，不算明亮。我坐在最后一排，望着他眉眼低垂吹奏的模样。少年的轮廓已长得分明，五颜六色的微光在他脸上停了又停，我一下撞进他的视线，不由得冲他笑了笑，他看着我，不一会儿又移开了视线。

晚会后，人家陆陆续续地都散了。我走出教室，忽然被人拉住了书包，回头一看，发现是魏升。

校园里的路灯暗暗的，天上飘着细细的雪，他站在路灯下笑了笑，递给我一杯奶茶。

"你刚才在笑什么？"他问。

"我觉得你吹口琴的样子很好看。"我很诚实地说。

他又笑了笑，说："所以你就傻笑啊。"

"不是傻笑，是欣赏的笑。"我反驳。

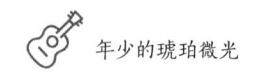

路上的积雪不厚不薄，踩上去吱吱作响，魏升与我并肩走着，我脑袋里想起一些老套的话。比如"我喜欢你"这样极其俗气，但又让心像只蝴蝶翩翩起舞的话。

高三那年的夏天来得快，进入 6 月，一些人选择回家备考，一些人将复习阵地搬到了图书馆。

图书馆里冷气开得很足，外面蝉鸣喧嚣，香樟树在闷热的夏天一动不动地立着，时不时响起的翻书声使人生出倦意来，眼皮也适时地耷拉下来。我一手撑着脑袋，就要这么睡过去的时候，忽然感觉手肘被什么冰凉的东西碰到了。

我不禁抖了抖，眼睛清明起来，扭头发现是一瓶冰镇矿泉水。再看看身旁的人，是魏升。

"晚上没睡好？"他拧开瓶盖将水递给我。

"嗯，可能太紧张了。"冰凉的水下肚，我找回了些精神，精力又投入到试题上。

这样的状态一直持续到高考前一天，晚上我躺在床上，翻来覆去睡不着，想着第二天的高考，心里怎么也静不下来。

结果就接到了魏升的电话。

"还是睡不着？"魏升问。

"嗯。"

魏升那边窸窸窣窣地响了一会儿后，我就听见了吹口琴的声音，还是那首《送别》。

我在电话这头安静地听着，又想起元旦晚会那个时候的他。

"这样是不是放松下来了？"吹完，他问。

"没有啊，我更睡不着了。"

他顿住，半晌才说了句："这样啊。"

我笑了笑，在他的语气里竟听出了一丝不知如何是好的笨拙。

"骗你的，我好多了，能睡好的。"

他笑了笑，说："那么，晚安。"

"晚安。"

挂了电话，我才想起忘了问他是不是只会吹这一首曲子。

后来，分开比相聚的日子长，我再没听过他吹口琴，想问的话终究也只是留在了心底。

高考后，魏升报了外省的一所大学并顺利被录取，我则留在了本地。说是旧识，但终究也只做了3年的同学，进了大学后，我与他的联络渐渐少了。后来QQ换成了微信，又经过手机号的更迭，最后连他的联系方式也弄丢了。

上大一那年冬天，我们班组织同学聚会，那时大家尚有热情在，彼此见了面也有心思聊天。那会儿我与他见过一面，在饭桌上，言语里还存着些熟稔。聚会后，大家三三两两地散了，我和魏升不约而同地往公交站走着。

热闹的氛围一下子消失，我们走过一盏又一盏路灯，在光影间穿梭，看着他的侧脸，我恍惚觉得自己回到了高中时代，那个他朝我笑一笑，我就心动到不行、胸口那只蝴蝶翩翩起舞的时代——我的暗恋时代。

"说起来，我那时候好像喜欢过你。"等车时，我忍不住说。

"嗯，我知道啊。"魏升回答。

我笑了笑，心里竟生出一些欢喜。

"那你会不会忘记我啊？"他问。

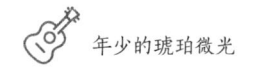

"不会啊,我一定会记住你的。"

距离那样的日子,已经过了多少年呢?当时我是笑着说的,但心里的认真和坚定一分也不少。而如今,再想起那时候,连记忆也像泛了黄似的。

后来,别人问起我的初恋,我回答时总是要犹疑一会儿,心里头闪过那些恋爱的日子,觉得魏升才是我的初恋。

但魏升他啊,分明只是我的同学而已。

刻在留言纸上的青春

卜宗晖

小升初那年,我从镇上辗转到了县里,生活面临着不小的变化。因为父母都在镇上工作,我住在祖父母家。开学的第一天,祖父骑着老式自行车帮我把行李驮到宿舍门口,有个女生正和班主任一起引导大家放置行李。活泼开朗的她和我们完全没有初见的拘谨,俨然一副高年级学生的架势,未承想日后我们竟是前后桌。

大家一窝蜂地抢看座位表的时候,我一眼便看到了她的名字——檀,这也是我以后几年最常称呼她的方式。我挤破了头才考进这所重点初中,父母对我自然有所期待。从镇上来到县里,我逐渐认识了许多家境优渥的同学,但由于内心仍然潜藏着一丝自卑,就慢慢在心里与他们划分了界限。而檀似乎与我相见恨晚,总能轻易地打开话匣子。

第一次班长选举的时候,我坐在檀的后面,看到班主任总是有意无意地望向檀,似乎在提示她什么。在檀长舒了一口气并起身整理衣角的片刻,班主任把目光同时落在了我们两个人身上。我忽然感到莫

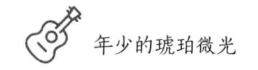

名的心跳，原本就按捺不住的紧张这下更加猖獗，没想到她一个转身就拉起我的手臂往讲台上走去。我站在台上有些手足无措，最终还是颤巍巍地拿起粉笔在黑板上写了自己的名字。

"你怎么能食言！不是说好你先上去我再上的吗？"趁老师转身的空当，我迅速将小纸条精准地投到檀的抽屉里。"哈哈哈……英雄难过美人关，班长之位就归你啦！"说完，她还做了一个鬼脸。我索性向她的抽屉实施定点"轰炸"，转眼间练习簿"欲比黄花瘦"。不料被老师抓了个现行，我只好乖乖地把纸球一一铺平，并誊抄上面的习题。

那会儿初中生还没有手机，甚至连随身听都是奢侈品，"飞纸传书"在校园里大行其道。那些卷筒状的、叠成青蛙或千纸鹤的大大小小的"传送门"上，有我们用不同颜色的笔写着的各种嗔怪、窃喜、慌乱的心事，成了"兵荒马乱"的青春里最不可磨灭的记忆。

那时黑板报还甚为流行，毫无绘画天赋的我，却对线条勾勒出的世界充满好奇和向往。学校文化周来临前，檀作为文艺委员已经召集班里的同学绘出了底稿。她知道我有遗传性色弱，不能准确区分某些差别细微的颜色，因此并不想让我参与其中。虽然她三番五次劝阻，站在高凳上大喊"下去下去"，但我还是借班长的名义兴冲冲地给板报上色。我在犹豫着究竟拿哪种颜色时，一不小心将颜料打翻在了裤子上，新买的运动裤顿时变成面目全非的调色板。我一时呆若木鸡地站着，脑袋一片空白。

整个下午，我都处于注意力游离的状态。许是看出了我的无法释怀，同桌递给我一块香皂，说能有效洗掉这些斑驳不堪的颜料。但无论我如何努力搓洗，还是没办法从闷闷不乐中解脱。晚自习的时候，我打开字典，里面夹着一枚雅致的书签，是饶雪漫的句子："你穿白裤子好看，我从没见过谁穿白色这样显眼。"我"扑哧"一下笑出声来，同桌忙不迭凑过来看。檀翻书的手顷刻停在空中，她定了定神，突然转过身来"啪"地用手重拍我的桌面："不许笑！不许笑！"我被她的认真吓了一跳，余光瞥到老师正站在门口，连忙竖起书本挡住已经笑得七倒八歪的上身。

自此之后，每每有想说但不想直接说破的话，我们就会通过阅读课上在图书馆里抄写到的句子拐弯抹角地表达。我痴迷于小说，还尝试着写作、投稿，幻想着有一天也能出版属于自己的书，所以十分热衷于这种交换讯息的方式，虽然有时这种"山路十八弯"的话其实并不能准确地表达心中所想。

印象中我和檀的关系一直很好，或许因为两个人都习惯了充当大家的"黏合剂"，总有说不完的话题，唯一的一次"决裂"发生在初二下学期。在强烈的好奇心驱使下，我尝试用檀的生日作为密码，结果意外地打开了她的日记本。在日记里，我发现了她极少提及自己父亲的原因，这个谜一样的秘密，原来始于她父亲"重男轻女"的思想。一直以来，檀都对父亲曾想把她送去寄养的行为耿耿于怀，心里有道过不去的坎。我提笔写下安慰她的话，并小心翼翼地将其藏在她的书包里。

第二天我却发现她那一直躺在抽屉角落的日记本不翼而飞，危机感顿时将我吞噬——檀最讨厌别人"多管闲事"。檀一反常态地板着脸，让我意识到事情的严重性。在沉默了两节课后，我决定试探她的反应，用笔头碰了碰她的手臂，不料她左手从背后把笔夺过来，狠狠地折成了两截。

"决裂吧!"这三个字像晴天霹雳一般出现在我的桌面。我当场呆愣在那里,但很快,凭借我对檀的了解,我想到了破解僵局的绝佳物品——餐票。学校每周售卖营养餐票的时间是周日下午,许多人顶着炎炎烈日早早排起了长龙,不一会儿我的背全湿透了,刚洗过的头发变得黏糊糊的。拿到双份餐票后,我一路狂奔到教室,确认檀还没到学校,我才定了定神坐下来。

周一,饥(鸡)肠辘辘,包(子)你满意;周二,祝(猪)你饱餐,年年有余(鱼);周三,斗(豆)志昂扬,生机勃勃(菠)……这一笔一画写在餐票背后的"祝福语",显然起到了逗趣的奇效,檀的心情渐渐由阴转晴。我知道她并非真的生我的气,只是不想有人轻易揭开她的"伤疤"。

后来,我们一路跌跌撞撞走完了初三。毕业告别的时候,所有人都花了大力气从外面淘来各种精美的留言簿,大家捧着留言簿东奔西走、上楼下楼。谁在上面写了肉麻的话,谁又集齐了"三中F4"的祝福……每个人都像热烈的花儿一样,欢喜又忧伤,对明天的憧憬和对未来的忧虑交织心头。我虽然也在檀的留言簿上认真地写下一字一句,或是借用了《被窝是青春的坟墓》中的珍句,又或是其他,但随着时光的冲刷变得毫无印象——我因为中考失利与高中重点班失之交臂,此后我们在高中、大学愈行愈远。前不久,我和檀又机缘巧合地联系上,在手机上看到她带着搞怪的"哭丧脸"发来的那些"辣眼睛"的留言,这些被尘封的记忆,竟又一次在心底泛起温暖的涟漪。

我的十七岁没有等到回答

长欢喜

不知道是不是我的错觉,微博里有关"十七岁"的话题似乎格外多——

"你十七岁时喜欢的那个男生现在怎么样了?"

"在你眼中,十七岁的夏天是什么模样?"

"说说你十七岁时做过的最浪漫的事。"

看到这些,像我这样已经失去十七岁且再也不会拥有十七岁的人,忍不住开始回忆自己的十七岁。

我小时候看雪小禅的小说,她很爱写女孩年少时喜欢的干净少年在多年后再遇到时,变成大腹便便的平庸大叔这样的桥段。从那时起,我一边开始认清和接受现实,一边忍不住被班级里一个好看的男孩子吸引。

我和朋友聊天,在我喜欢的男孩路过时,会下意识地提高音量,试图引起对方的注意;一群人聚会时,所有人都去和他讲话,就我矜持地坐在原地,以为这样就能令我显得与众不同;在画室画画,每每

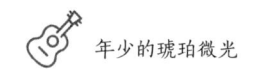

轮到对方当模特，我就满心雀跃，总算找到一个能光明正大地仔细看他的理由；凛冬季节，我想帮他洗调色盘，也会假装因为无聊，把整个画室的调色盘都搜罗过来，戴上橡胶手套一起洗了。

我不敢让朋友知道我的心思，又想跟人分享秘密。于是在元旦晚会的时候，我悄悄地告诉好友："我好像喜欢上了一个人。"

哪知我那点心思对方早就看透，然后两个人低着头，害羞又跃跃欲试地分析对方的态度里有几分是喜欢，有几分是不喜欢。

当然，我做过的最傻的一件事大概就是——有一天上晚自习的时候，我喜欢的男生悄悄地递给我一张纸条，我满心欢喜地打开，上面写的却是："你觉得×××怎么样？"

×××是当时我们画室里的一个女生，但跟我们不同班。我和她其实没有相处过，只说过几句话。但是，为了显示自己是一个心地善良的好姑娘，我大笔一挥，在纸条上面回道："她很好呀！长得好看，人又温柔……"把自己能想到的夸人的词汇全写上后，然后捂着怦怦跳的胸口递过去，都没敢问一句："你问这个干吗？"

直到一年多以后的某一天，我才听到另一位同学跟我说起他："嘿，我刚刚看见×××了！"

我疑惑："看见她怎么了？"

同学眨了眨眼睛："你不知道吗？他俩曾经在一起过啊！"

我这才恍然大悟，脑海里蹦出当年那张没有后续的纸条，只觉得哭笑不得。

去年我的生日当天，他给我发来微信，漫不经心地询问："我记得你们几个人的生日都是在这几天？"

我愣了一下，说："今天就是我的生日呀！"

他立马发来红包，我和他聊了一会儿，脑袋里的念头一个接着一个地往外冒。我最终还是没忍住，在与朋友分析了他这两年做过的所有令我想入非非的举动后，我问朋友："你说，他当年喜欢过我吗？"

"他早不问，晚不问，偏偏这一天问，还拿几个别的朋友做幌子，显得欲盖弥彰！"

朋友笑了："你想听到什么答案呢？"

我愣了愣，顿时就明白了。

我那个默默喜欢他的十七岁早就过去了，他也早就不是十七岁的他了。我心心念念地想要一个答案，无非是想给自己的十七岁一个交代罢了。

电影《你好，之华》里，之华在多年以后再见到她学生时期喜欢的那个人时，紧张兮兮地躲进屋子里涂口红。

网上很多人说，她都结婚了，这是精神出轨呀！我在屏幕外想：这些人一定没有在十七岁的时候，认认真真地喜欢过一个人吧。

一个你在青春伊始喜欢过的人，真的永远都可以令你心动，哪怕其实你早已不喜欢他了。这并不是爱情的躁动，更多的是对自己那个再也不会重来的青春岁月的怀念吧。

就像每次他主动联系我，我都忍不住去想：这个人到底有没有喜欢过我啊？

我的十七岁没有等到回答。

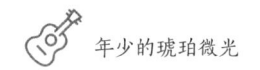

再见,我的西伯利亚理发师

陈　潋

我上小学时,学校没有强制穿校服的规定,大家都是随便穿一身衣服就上学去了。等到上中学的时候,我的同桌赵扬飞还穿着小学时的校服。

"你是师范附小的啊?"我问他。"你怎么知道?"他一脸惊奇。"校服上印着呢,你为什么穿小学校服啊?""舒服啊,小学的时候穿着觉得丑,现在倒挺合身。"赵扬飞就这样常常穿着小学校服,背着一个荧光蓝的大书包,穿梭在校园里。

学校花坛里种着一种像炮仗一样的红色的花,用嘴轻轻一吸,里面就会有甜甜的花蜜冒出来。每天我们学校对面的小学一下课,就有一帮小孩子跑进来蹲在花坛旁边一串串地摘着吃。只要你稍微留心,就会在其中发现赵扬飞的身影——他跟一群个子只到他腰间的小孩子蹲成一片吃花蜜。在花儿盛开的季节里,这个情景我每天都能看见,看一次乐一次,像是季节限定款的娱乐节目。

上课铃一响,他晃晃悠悠地走进教室。"吃饱了?"我一边翻书一边揶揄他。"你管我!"他又找不到课本了,满世界乱翻。"没带书,借我看一下你的吧!"一通翻找后,赵扬飞向我发出请求。"不借!"我头都没抬地答道。"我的午餐里有糖醋小排。""这样看得清吗?"我立刻把书本递过去。"嗯,可以。"赵扬飞的午餐堪称豪华,每个菜都单独装在一个小盒子里。对了,还有汤,我这个吃惯了速冻水饺的人第一次知道盒饭里还能有汤。他妈妈的手艺不是一般的好。时至今日,我已离家多年,想起家乡的味道,全都是他妈妈做的熏鱼、肉丸、藕饼、蛋饺……令人口舌生津。

赵扬飞这人,看着莽撞,吃相却出人意料的好,慢条斯理,非常文雅。我有时候看着他,也不太好意思狼吞虎咽。但是更多的时候,他都是在吃我的剩菜,这就是优雅的代价。

托赵扬飞的福,我的个子在那几年长了5厘米,直接从1.65米蹿到1.70米,从此以后,拍集体照我都站在最后一排。每天吃完饭之后,我们就懒洋洋地趴在课桌上。我们都很喜欢电影,便常常聊那些光影中的世界。

我那时候就决定以后要去学电影专业。他也想,但是他父母不允许,听说他的父母早已给他规划好了"康庄大道"。他很羡慕我,羡慕到常常赞助我买影碟、买书,督促我背文艺小百科和各种专业知识。有时候我觉得,他有点儿像把希望寄托在孩子身上的父亲——"望子成龙",也算给自己一个交代。

冬日的午后,太阳照得人昏昏欲睡。忽然听见赵扬飞问我:"你看过《西伯利亚理发师》吗?"我闭着眼睛摇摇头。"我昨天晚上看了,特别棒,最后男主角在森林里奔跑的那个镜头,我看的时候简直要哭了。"

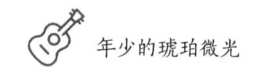

"讲什么的啊?"我问。

"爱情故事。"

说实话,当时我并不打算看这部电影,对他描述的这种悲惨故事也没有什么兴趣。那时候的我正沉浸于一段不可自拔的甜蜜暗恋中,暗恋的对象是班上的数学课代表。他成绩好、长得帅、会打篮球,样样都很优秀。

我在教室的角落里默默地关注着他的一举一动,但我俩几乎没说过话。有几次我故意不交数学作业,想等着他来问我要。但往往熬不到早自习结束,我就会因为太过忐忑而默默地把作业传给他。他对我笑一下,我就能开心一天。单科考试的时候按成绩排座位,为了我们能坐前后桌,我每天拼命做数学题。

赵扬飞一眼就看穿了我的心思。"喜欢数学课代表啊?"有一天他突然问我。我有点儿惊讶他是怎么知道的,他看起来并不是那种善于观察的人。不过我没有否认。赵扬飞摸摸下巴沉思了一下。"数学课代表!"短暂的沉默后,他撕心裂肺地大喊了一声,一瞬间我被吓蒙了。

数学课代表疑惑地看了他一眼,然后站起身朝我们走过来。"什么事?"我还没来得及做出任何反应,数学课代表就已经站在我的桌前了。

"哦,她想问问你喜欢什么样的女孩。"

我并不是一个多要面子的人,平时也开得起玩笑,除了小时候我爸揍我,这么多年没遇到过什么事让我觉得委屈心酸、难以自控。但那一刻,我真是羞愧到了极点,甚至产生出一丝绝望,不知道下一秒该怎么呼吸,不知道明天的太阳还会不会升起。

当我彻底反应过来刚才发生了什么之后，开始趴在桌子上低声啜泣。我跟赵扬飞坐在最后一排，喧闹的教室里没人注意到有一颗少女的心已经破碎。赵扬飞坐在旁边手足无措，他试图把手放到我的背上，但是被我体内愤怒的洪荒之力震开了。

我哭了好几节课，其间哭累了还迷迷糊糊地睡着了。等我从桌子上抬起头的时候，已经是下午最后一节课了。我的眼睛肿得像桃子，只能默默地低着头收拾东西，等人都走光再出教室。赵扬飞跟着我，整个学校我俩是最后离开的。路上，他默默地跟着我，谁也不说话。

到了车站，我头也不回地跳上公交车。车开动的时候，我悄悄用余光在站台上寻找赵扬飞，忽然发现他正盯着我。四目相对，我心中一惊，立刻慌张地移开眼神。一路上我都很懊悔，感觉自己像输了一样。

后来，赵扬飞为了弥补自己的过错，想尽办法帮我追数学课代表。我终于也能像其他人一样去问他题目，路上遇到了可以亲切地开两句玩笑，甚至能去篮球场看他们打球。

赵扬飞常在他面前提起我，说了些什么我不知道，但有一次数学课代表过来向我借"枪花"乐队的一张CD。这张CD是赵扬飞送我的生日礼物，在此之前，我并不听摇滚乐。他送我的时候对我说："你得多听听歌，这乐队不错。"

不管是不是巧合，都得谢谢这张CD，因为后来我跟数学课代表的大部分聊天内容，都跟摇滚乐有关。虽然直到毕业，我们的关系也仅限于聊聊音乐，但这已经是我经历过的最棒的暗恋了。

有一天中午，我们吃完饭像往常一样闲聊，赵扬飞递给我一张影碟，是他提到过的《西伯利亚理发师》。我本来打算回家看看的，结

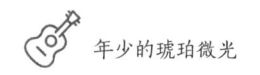

果那天晚上我爸妈吵得很凶,我实在没勇气在"战火"中看电影。

后来这张影碟就一直躺在我的书桌抽屉里,有几次我想看,但都由于各种原因放弃了。每次我都对自己说:"算了,下次再看吧。"直到后来,我做了编辑。

有一年冬天,一个同事问我:"今天要推荐一部电影,要适合冬天的。你说推荐什么好呢?"我脱口而出:"《西伯利亚理发师》吧。"回家之后,我终于看了这部电影。

它让我想起曾经的这位同窗,一个真挚的少年。他热爱电影,我至今也没能像他那样喜爱电影。他从不冷漠,勇于付出,怀着不可匹敌的冒险精神。即便在前行的路上一再受挫,他依旧精神昂扬,一点儿也不泄气。

诗和你仍留在青春里

田　密

上高中时，我的后桌是一个爱打篮球的腼腆男生。

和一般青春偶像剧不同，他并不是一个白净的男孩子。相反，因为长期在太阳下打篮球，他的皮肤被晒成了古铜色，而且他害羞的时候会脸红，一直红到耳根。

班里最活泼的女生提出过一个定理：上学时期的前后桌最容易产生好感。

我不以为然，这样胡乱编造的定理有什么可信的啊！

我习惯性地欺负周围跟我熟悉的人，却不怎么和他说话，因为他也不怎么跟我说话。

有朋友在场的时候，我们可以轻松地开彼此的玩笑，但若是没有其他朋友在场，我们甚至连交谈都没有。我所在的学校是有课间操的，高二时我因为身体原因常常请假不去，而他有一段时间因为打球受伤也请了假。偌大的教室里只有我们两个人，本应有交谈的我们谁也没有开口，周围安静得只剩风掀起书页的声音。

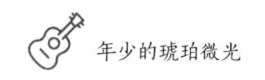

也是从那时起，高二时我不以为然的胡言乱语成了高三时深信不疑的真理。

我喜欢上他，大概因为那句"我回去查过了，那就是辛弃疾的词"。

那是一节平淡无奇的英语课，英语老师照例自说自话，却突然叫我起来回答问题："你作为班长和语文课代表，这句话就由你来翻译吧。"

那是一句由辛弃疾的词翻译而成的英文，我仔细看过之后心中隐约有了答案却不敢说出来，于是低下头回答道："我不会。"

少女时期的我有太多的不自信。

英语老师一直是一个严肃的人，那天脾气却出奇的好，让我再仔细想想。

于是，我轻声说出自己心中的答案："众里寻他千百度，蓦然回首，那人却在灯火阑珊处。"我的声音有些颤抖，带着对答案不确定的紧张。老师听后笑了笑，说："还是语文课代表厉害，我教的几个班只有你回答出来了。"

我很开心，又不好意思大笑，只是微微抿嘴，然后坐下。

后桌拿笔戳了戳我，问："这是辛弃疾的词吗？"

我实话实说："我不确定，但是译文应该是这个意思。"

他点点头，不再说话。

那是我们第一次真正意义上的对话。

正是上课时，为了不让老师发现，我将身子尽量靠向椅背，他则将头靠前，我们之间的距离很近，我几乎能听到他在等待回复时平稳的呼吸声。

本以为这件事就这么过去了,我甚至已经忘记了这件事。

第二天课间操时,他再次拿笔戳了戳我,说:"我回去查过了,那就是辛弃疾的词。你好厉害啊!"

我回头看过去,阳光正好打在他身上,他眯着眼睛躲避阳光,又因为要与我对话,眼睛带着笑意,光线透过睫毛在眼下留下一片阴影。我突然想起小学时学比喻句,老师教的第一个句子——他的眼睛像弯弯的月牙儿。

那一刻,我的心不可抑制地剧烈跳动起来。

曾在网络上看到过这样一个话题:学生时代的暗恋理由。

答案五花八门,有人说是他的笔掉在地上,她帮忙捡了起来,小声说"给你"。有人说是她在跑800米的最后一圈时坚持不下去了,他在里圈突然跑起来,追上她说:"喂,我追上你了!"有人说,是因为那个人笑起来像流川枫。

我也在底下评论了,轻轻敲击键盘,打出一句话:"因为他和我说话时眼睛像弯弯的月牙儿。"

后来,我们渐渐熟悉,聊天也频繁起来。

我开始疯狂地背诵诗集,喜欢上了念诗的感觉,更喜欢在大课间与他分享诗歌时看他眼睛里的星河。

不过,这样的关系没有维持多久。

有一天,我高中时最好的朋友告诉我,她喜欢他。

于是我作为朋友,将心中的悸动掩藏,尽心尽力地帮他们制造相处机会。

我开始避开他。

为了不和他单独相处,我主动换了座位。在教室前门看见他时,

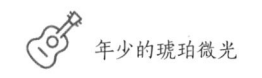

我故意跑到后门绕开他，甚至不顾身体状况去操场跑步。

后来，母亲发现了异常，我不得不终止了跑步。那天，我小心翼翼地回到班里，却看见教室里空无一人，这才想起来他的腿伤好了，今天正好是他跑步的第一天。

我松了一口气，却不可名状地失落起来。

年少时对一个人的热爱是不顾代价的。电影里有过这么一句话：爱降临的标志，在男生身上是胆怯，在女生身上是大胆。

我看着朋友给他送水、送创可贴，他都一一拒绝。

我大抵是个坏女孩，在他们的互动中，我生气于他对她心意的不珍惜，却在心底有那么一点点的雀跃。

高中最后一天，同学们回学校拍毕业照，我和老师坐在第一排，他因为个子高而站在第三排。

后来我想起那天，记忆里只剩下北方毫不留情的热浪，艳阳将枯萎的叶子晒得卷曲，柏油路上发出难闻的焦味，隔壁班一个熟悉的朋友拿来一个棒棒糖，他那天穿了一件衬衫。高中毕业后，我们到了不同的城市，上了不同的大学，偶然想起，心中还会有悸动。

我们再也没有见过。

前不久，朋友发了一张照片给我，还有一串全是"哈哈"的语音，然后告诉我："我可算明白当初他为什么会拒绝我了。"

我们都长大了，她已经对当年没有被珍惜的少女心事释然了。

我打开照片，放大她画红色圈圈的地方，突然说不出话来——毕业照上，我在第一排大大咧咧地笑着，而他在两排后看着我，一脸温柔。

我突然回忆起那天，我正打算离开学校，他跑到我面前问："你可以来看我打球吗？学校最后一次比赛了。"他的声音因为刚刚跑得太快而显得断断续续。空气中弥漫着汗味，那是专属于夏天、专属于少年的味道。

沉默良久，我轻声说："不了，我着急回家。"

他有些遗憾地挠挠头，张了张嘴，似乎有很多话想对我说，最后却只是说了句："假期快乐，再见！"

我点了点头跑开，却又在出校门后折回来，躲在不远处的树下看他，嘴里是蓝莓味棒棒糖酸酸甜甜的味道。

我想，少年和诗一同留在我的青春里了。

只不过，我在青春的末端，而他们在青春的开始。

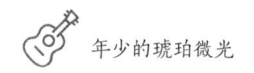

青春里的了不起与对不起

闫晓雨

如果你知道10年后的自己依然不够优秀，还愿不愿意全力以赴呢？

我从来就不是一个优秀的人。10年前如此，10年后也是，青春期里的敏感少女长大后顺理成章地成为一个活在自己内心世界里的城市边缘人，这本身并不奇怪。比较特殊的是，偏偏我还是个焦虑感特别严重的人。

在我读高中的时候，分文理科，家人都让我选理科，我却坚定地选择了文科。嘴上笃定，内心忐忑。

"我选择文科，是因为有更多写东西的机会。"我真正开始写作是在高二上学期，忽如一夜春风来，内心飘起的雪几乎要覆盖整个春天，不知道从哪里爬出来的小虫子蠕动着，松动了我原本贫瘠无聊的青春。我开始没日没夜地沉迷在文字中，如同一种本能，铿亮地，击醒了我。

当时家里还没买电脑，我就把厚厚的手稿带进网吧，再一个字一个字敲打在文本里。我郑重地投稿，再看它变成杂志上的铅字。

其实当时的我并不知道写作是什么，也不知道自己所做的事情意味着什么，只是喜欢，只是忍不住。如同一个贴身的口袋，我看到什么漂亮的、新奇的、好玩的故事都想立马把它们装到里面去。偶尔拎起来，掂一掂，有种说不出的成就感。

每个人其实都有属于自己的神秘口袋，你可以称之为天赋，也可以称之为特长。有人幸运，很早就可以摸到这个口袋。有人的惊喜来得缓慢，读书以后，工作以后，会慢慢找到它。但可惜大多数人可能摸了一辈子也不知道，到底哪个口袋里的东西才是最适合自己的。

10年前，我只是误打误撞选择了一条自己喜欢的路。如果真有时光机可以回到当时的自己身边，我一定会给她一个拥抱，谢谢她，在我15岁的时候，用蛮力帮我找到了一辈子的热爱。

我还会去安慰那个自卑少女，不要担心自己不够好，因为你还年轻，年轻就意味着机会，你还有大把的时间可以去靠近自己想要的人生。

前几天，我读到1902年秋天，正处在青春期的奥地利作家卡卜斯写给好友里尔克的信，对方在信中回复道："亲爱的先生，我要尽我的所能请求你，对于你心里一切的疑难要多多忍耐，要去爱这些'问题的本身'。现在你不要去追求那些你还不能得到的答案，因为你还不能在生活里体验到它们。一切都要亲身生活。现在你就在这些问题里生活吧。"

这也是我想对你说的。

我这次回家乡小镇是为了参加好朋友楠楠的婚礼，婚礼办得很热闹，站在她身边的我，是伴娘，和我们曾经约定好的一样。

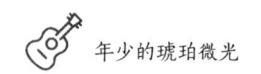

这不是嫁出去的我的第一个小姐妹了，从大学毕业到现在，陆陆续续，我已经参加了好多次婚礼。

开始的时候我们还办单身Party（派对），在布置好气球、蜡烛的房间里说悄悄话，在唱到《明天我要嫁给你了》时，大家伙儿莫名其妙就红了眼眶。那时的我们，虽然步入社会，但到底没受太多侵蚀，还是有力气折腾的。

到楠楠结婚前一天，我们都懒得出去嗨了，几个人喝完下午茶，就坐在车里哼唱着周杰伦的歌曲。天空飘浮着的云朵，聚散离合，像极了现实。

我开玩笑地说起10年前自己的心愿：如果不能嫁给爱情，那我想嫁给自己的青春。

有点儿羞耻，其实我从小就想嫁给自己好朋友的哥哥、弟弟或者是隔壁班的同学，总之就是非常想让自己所嫁之人或多或少参与过自己的青春。

不过现在，隔壁班的男孩不知去向，自己曾经暗恋过的和暗恋过自己的人都已成为"故事的小黄花"，在这样一个悠闲的午后，被三月的风打乱吹散。

我想起10年前也曾有可爱的动不动就脸红的少年，每天晚上，下了晚自习，站在教室门口等我。那种自觉而默契的雀跃感后来很少再有。

当年没说出口的"对不起"，最终只化作一声叹息。和懂不懂得珍惜没关系，有些人的出现，就只是能陪对方走一段路。

电影《我的少女时代》里有段话说得很平实，却直戳人心："没有人告诉我长大以后的我们会做着平凡的工作，谈一场不怎么样的恋爱,原来长大没什么了不起,我们还是会犯错,还是会迷惘。"

其实这些年来,我真没经历什么特别的跌宕起伏的、能够被称之为旖旎风光的故事。不过是正常的上班下班加夜班,爱人被爱共幻灭,有特别努力的一面,也有把自己关起来的一刻。

落了灰的生活胶片一卷又一卷,"至暗时刻"倒真没遇到。状态不好的时候也绝对不允许自己彻底沉沦。坐在小区的木椅上和老朋友打电话,出门散步,坐很久的公交车去欣赏北京的夜景,每天尽量保证完成工作,不给身边的人添麻烦。不管心情多糟糕,都不能让赚钱的机会逃掉。这就是我成年后经常要面对的状况。

有一句流传已久的歌词:"我拥有的都是侥幸啊,失去的才是人生。"我不同意这句话。真实的生活里没有任何一种得到是灵光乍现,我们一路上所遇到的任何事物,工作、爱情、机遇,都是基于自己过往的种种行为和选择。

没有办法,我们的人生不是一页清单,可以简单盘算,而是一场盛大而庞大、参与人数众多的舞台剧。

如果可以回到10年前,我想,我不会改变自己的青春轨迹。我只会对那个无知亦无畏的女孩说,尽情去享受这些时光吧。如同余世存所说:"年轻人,你的职责是平整土地,而非焦虑时光。你做三四月的事,在八九月自有答案。"

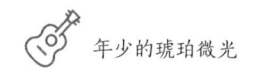

弹一首阳光明媚的歌给你

甜 茶

我是从初中毕业的那个暑假开始学弹吉他的。

漫长又没有作业的假期,我出去旅游了一圈回来,还剩近两个月的时间。偏巧在旅游的过程中看见街头艺人在弹吉他,我觉得酷得不行,回家第一件事就是去艺术学校报了名,买了一把吉他,打算发展一门特长。

我背着吉他第一天去艺术学校上课,在长长的走廊里找教室。路过钢琴教室时,探头打量,透过门上的玻璃看见有个男生正在练习。他的腰板挺得直直的,手在黑白键上有些生疏地弹着。阳光透过窗户洒在钢琴上,男生的手出奇地好看。

我停下来在门口听了一会儿,男生在练习《天空之城》,恍惚间,好感就像龙卷风一般,来得太快。于是乎,我敲了敲门就走了进去:"哇,你弹得真棒,这首歌我好喜欢。"

男生腼腆又高冷地说:"谢谢,你是来练琴的吗?我这里还要练一会儿,你可以去看看隔壁琴房。"

其实我只是单纯地打声招呼，没想到就这样认识了M。

高冷的他，没聊几句就开始轰人："现在是我的练习时间，请问你还有什么事吗？"

"有啊，我第一次来上课，请问吉他教室在哪儿？"

"这是二楼钢琴教室，吉他教室在三楼。"

初学吉他自然先从简单的乐理知识开始，这就少不了打拍子，练习拍子的同时还要爬格子。我的手指在琴弦上起起落落，不一会儿就痛起来。在来学琴前，我没有想到练琴是这么苦的事。后来，我体会到练琴还是一件枯燥的事，但我还是坚持了下来，这其中的一部分原因是M。

第一天上完课，我下课时，刚巧M的钢琴课也结束了，我背着吉他碰见了正在下楼的M，我迎上去："M，一起走呗。"

M尽显绅士风度地对我说："吉他我帮你背一会儿。"就这么一句话，让我到现在都觉得学钢琴的男孩子很绅士。

有一次，我说起初弹吉他手指头还是有点儿痛的，M说了一句："加紧练上一个星期，长茧就好了。"看吧，M不仅"高冷"而且"耿直"。每天我和M的上课时间差不多，一来二去就熟悉起来，而且我们考上的还是同一所高中，只不过我在普通班，他在精英班。M对学钢琴很认真，我原本以为他学乐器是为了高考加分，但他学得那么认真，只是因为单纯的热爱，这让我觉得自己不努力都不好意思，好像对不起"因为热爱"这几个字。

假期里的最后一节课结束后，我跑去钢琴教室找M，拍拍钢琴，煽情地说："M同学，以后咱们可能就见不上面了哦，我心情不怎么美丽了。"

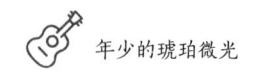

M微微一笑:"那我弹一首阳光明媚的曲子给你听?"说着手指在钢琴上流畅地游走起来。一首曲子结束,我正在感动的时候,他说:"我们不是上同一所高中吗?"

除了初中的同班同学,M无疑算是新学校里我比较熟悉的朋友了。每天晚自习结束得很晚,没有公交车,大家如果没有父母接就都得打车回家。我家和M家离得不远,拼车的话刚好顺路,所以我会等M一起走。

元旦,学校举行晚会,对活动向来缺乏热情的我,因为先前填特长时写了吉他,被文娱委员勒令报了个吉他指弹:《未闻花名》。

照旧是晚自习下课,我们一起出校门,路过门口的精品店时,我看到橱窗里摆上了圣诞节礼品。我扯了扯M的衣角,指向橱窗:"哇,那个圣诞树发夹好可爱!"

M看了看:"是很可爱。要买吗?"

"算了算了,发夹可爱,我又不可爱。"

"是不可爱。"

"喂,我是自谦,自谦!"

"算有自知之明,不算自谦。"

好在这样的对白,我已经习以为常,只是踩了他一脚以示警告,M痛得嗷嗷叫。

元旦假期前,晚会如期进行。

快要登场时,我突然紧张得不行,从座位上离开,准备出去平复一下情绪。我正在过道上踱着步子时,M走了过来。

"偷偷告诉你,我……挺怕当众表演的。"

"那上次你还参加演讲比赛?还讲得抑扬顿挫、铿锵有力?"

"那是班主任非让我上，我紧张得全程腿都在抖，还好前面有桌子挡住了我的腿。"

我哈哈笑起来，拍拍 M 的肩膀："放心，我会替你保守秘密的。"这时我突然不紧张了。

我毫不意外地拿了参与奖，颁奖时，坐在前排的 M 同学拍手的声音盖过了大半个会场。

晚会结束后，我照旧等 M。M 走过来自然地卸下我肩上的吉他，自己背上。

"有没有超厉害？"我冲他眨眨眼问道。

"嗯，重在参与。"

"你认真听了吗？"

"嗯。"

我努努嘴："哦！"

又一次我先下车，我接过吉他，挥挥手跟他道别。M 也跟着下了车，突然在我后背戳了两下，说："葵花点穴手！"一样"中二"的我很配合地定住不动了。

M 从口袋里掏出圣诞树发夹，就是那天一起走过精品店时我看到的那个。他用发夹把我额前的碎发别在耳后，又顺了顺我后面的头发，最后在我的后背戳了两下："解开！"然后挥挥手，飞快地跑远了。

我取下发夹，傻愣愣地笑了，原地跳起："M，谢谢你！"

高一下学期开始，M 的妈妈为了方便照顾他，在学校旁边租了房子陪读，而我索性骑自行车上下学。

高三那年的一天晚上，M 提了盏孔明灯来我们班的教室门口叫

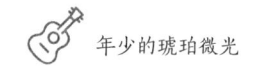

我。那一晚不知怎么回事，足球场上聚集起放孔明灯大军，其中就有我和M。但遗憾的是，我俩写着"高考大捷、梦想成真、平安喜乐"的孔明灯因为操作失误没有飞起来。我俩失意地蹲在操场边看着别人的孔明灯徐徐升起，彼此交换了嫌弃的眼神，最后来到跑道上散步。

望着被孔明灯的微光点缀着的夜空，M说赶紧许愿，让别人的孔明灯也搭上我们的愿望腾飞。他又问我冷不冷，我说不冷。他碰了一下我的手，冰凉冰凉的。他说，我帮你暖暖手吧。我以为他会握住我的手，没想到，他只是把我的双手夹在他的胳肢窝下，我们面对面地立在那儿。我分明听到自己扑通扑通的心跳声，那种心如鹿撞的忐忑感觉，够我回忆好多年。

M上大学后，他们家搬去了北京。而我依旧留在这座小城，读着不好不坏的大学，过着马马虎虎的生活。我们如今已很少联络，高中毕业后也再没有见过面。

后来我看到这样一段话："我没有很刻意地去怀念你，只是在很多很多的小瞬间，想起你，比如看一部电影，听一首歌，哼一句歌词，过一条马路和无数个闭上眼睛的瞬间……"

那种思念，很温暖，也很美好。

年少时被人温柔相待，是一件多么幸运的事，而我也一直热爱着吉他。

生命的描线师

苏 辛

我天生喜欢文学和美术,这一点从我识字起就有苗头,到了小学三年级开始写作文起,就更明显了。当年我们的班主任同时兼任语文和数学老师,某次考试,我两科成绩居然相差30分。因为两门课都是他教的,责任无处推,只能把他气个倒仰。加上我在学习上一直不是努力型选手,全靠上课听讲和课外阅读来维持成绩,所以分数一直在一个区间内呈波浪式起伏,自己却满不在乎。

到了小学五年级,教我们数学的老师换成了10队的刘老师。他性格温和又严谨,讲课生动有趣,很快成为所有老师中的大明星,所有学生都以数学成绩好为荣,全体如痴如醉地抱着数学习题朋做课外拓展练习。大家回家吃午饭,都是匆匆扒完,马上跑回学校去做题。有些学生甚至直接聚到刘老师的办公室,等他吃完午饭回去,桌旁至少攒了五六个小脑袋。能替刘老师批数学作业,成为一份令人艳羡的工作。我大概也就只有一两次这种荣幸。

因为刘老师,我们小学的数学平均成绩突然上了一个大台阶。小

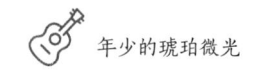

升初时，我的数学居然差两分就考到满分。这直接使初一时教数学的赵老师对我寄予厚望，一旦我成绩滑落到 80 多分，他就痛心疾首。

可惜，初一下学期，我们学校把我所在的五班和我堂妹所在的三班拆散，分插进另外四个班。我去了二班。

二班的班主任教英语，是个黑瘦的年轻人，在初一上学期以严厉著称，每天早读都比学生早到，站在教室门口如半截黑剑，不怒自威，所以二班当时成绩很好。而分班之后，不知为何他突然松懈了下来，大多时间对班级事务不闻不问。我脑海中甚至没有任何关于他授课的记忆，仅记得某次我上课时偷看课外书，被他从后窗口拍了一下肩膀，将书收走了，学期结束也没有还我。

二班的数学老师，原本业务也比较精湛，但刚教了一个月课，就有一位女大学生来实习，数学课便转交给了她。那女生脸圆圆的，说话柔声细气，坐在第六排就听不清楚。后排男生索性上课起哄气她，有数次把她气出了眼泪。而我，从"因式分解"之后，因教室喧闹，便听不清也学不会数学了，加之眼睛开始近视，因为某种奇特的畏惧，也不敢告诉家人要配眼镜，成绩便愈来愈差。

到了初二，学校又分了一次班，赵老师又教回我们。开学先来了一次摸底考试，他拿着我 30 分的卷子哭笑不得。我原以为可以在他的教导之下把数学补回来，结果不到一个月，他调离了这所学校，去了十几里外的另一所初中。

此时，我的三门主课中，数学在 30 分左右徘徊，英语在及格线附近晃荡，仅剩下一门语文成绩尚可骄人——客观来讲，这没老师多少功劳。青春期那种饱满得要炸掉的情绪驱使大部分少男少女靠近文艺，而天性使我靠得更近一些。因为大量阅读武侠和言情小说，以及古诗词，为侠气、柔情、文字之美所激，我也开始尝试着创作。虽然我写得幼稚，但已是同龄学生里的佼佼者。

我们的语文老师个子高大，有圆圆的肚子和突出的厚嘴唇，讲课慢条斯理，并不精彩。他很少发怒，对学生的捣蛋似乎也无计可施，所以学生们很轻视他，对他布置的作业并不认真做。

但他对我很好。

多的事也不记得了，留在记忆里的不过两件事：

他要求我们每天写日记，他每天批阅。我本就有记日记的习惯，虽然之前断断续续，但一直在写。只是被老师批阅的日记，是"另一本账"而已。我一般会认认真真写四五天，每天三四百字，还会配上插图，第六天则写"今日无事可记"6个大字，聊以塞责。他批到我日记时，我很紧张，以为要被他责骂，但他只是把我的日记本摊开在他巨大的左手掌心上，微笑着很快浏览一遍，右手握着红笔唰唰扫动两下就还给我。我一看，"优"！居然还能拿到优！下一次，我故技重施，他依然默默批优。

另外一次，学了课文《白杨礼赞》，他要求我们写一篇类似题材的文章。我写了村里的泡桐树，堂妹看了我的文章，就写了路边的小草。他叫我们到他办公室去，拿着我俩的作文，一句一句讲他的看法。我一边听，一边不服气，心里想："哼，你懂什么！还是我自己写得好！"

但这件事给我留下了深刻的印象，因为这是我一生之中唯一次被老师认真地提出写作上的建议。今天想起他来，我时常为自己当年那种莫名其妙的傲慢感到惭愧，也为自己当年跟其他学生一起轻视他觉得羞耻——未经阅历熬炼的心性往往肤浅轻浮，不明白难得的未必

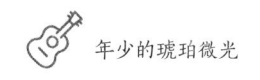

是才华，而是善良。

初三学校又分班，所有老师全部再换一遍。我的成绩稳定在初二的状态，几乎所有老师都不再注意我。只有一次，班里的尖子生去参加全市竞赛，成绩不如意，语文老师突兀地在课堂上说了一句："语文竞赛要是让苏辛去，至少能把平均分拉高好几分吧！"这句话当时令我很尴尬，却又如一点火光闪耀于灰色的雾气之中。

但语文和政史地，依然不足以拯救我。当年中考结束，我自知考得很差，却不得不去学校查成绩。骑车到了校门口，看见英语老师，他抽出成绩单看了一眼，说："297分！"这与当年的分数线差不多有200分的差距。我一句话也没说，转身默默骑回家去。

第一年复读我摔伤了腿骨，只得休学。第二年我接着去复读。这一次，几乎没有认识的同学了。班主任兼语文老师也换成了50多岁的郭老师，一位身材矮瘦、脑门光亮的男老师。

虽然年纪偏大，但郭老师身上充溢着一股激情，上课时声音洪亮，抑扬顿挫，豪兴遄飞。只是他飞扬的意兴，往往只有前三四排的同学稍加呼应，后面的同学大半已快要放弃学业，看他如此激动，反而觉得好笑。但他从未因此颓丧过。讲到辛弃疾的《破阵子·醉里挑灯看剑》时，他布置大家早读背诵全词。下课前10分钟验收成果，全班集体背诵了两遍。词本不长，年轻人记性好，一句句背诵得整齐划一。他听得喜悦，大喝一声："现在，我们把整首词倒着背一遍，可以吗？"有前面的背诵热身，全班人也很兴奋，大声回他："好！"于是"可怜白发生。了却君王天下事，赢得生前身后名……"一句句倒回去，成功地倒背了一遍。因为背得顺畅，所有人都大为得意，郭老师开心得脸都红了，让大家又背了一遍。

初三已经不怎么讲课，我们大半时间都在做卷子，每周写一次作文。每次写完作文，郭老师会挑5名同学来读自己的作文。从第一次起，他就把我放在最后一个压场。一开始我以为是无意的，后来次次如此，我才明白他的用心。

作为别扭的文艺少女，我一直有一种"偏要特立独行"的孤勇。第一次读作文，我就用了普通话——那时候的农村中学，不论授课的老师还是读书的学生，都不用普通话。后排男生觉得我矫情，集体冲我发出嘘声，之后又纷纷发出"切"的声音。老师在台上扫视后排同学，目光威严，我连语调语速都没改变，一直把文章读完。

后面的大半年都是如此。我压场，用普通话读作文，他点评文章的好处。久而久之，后排男生也都见怪不怪了。写过的作文大半都忘记了，唯有一次命题作文是《我的祖国》，我将祖国比拟为一个有两条发辫的少女，一条长江，一条黄河，通篇拟人。郭老师听了十分振奋，眼睛发亮，着实把我夸奖了一番。

又过了一段时间，我在课余时间写了一篇文章投到许昌的一本杂志，居然被发表了。这成了学校里的一件大事。郭老师得知此事，把我的样刊要去，快步走向校长办公室。当晚我们正在教室里办联欢晚会，校长突然大驾光临。我唱完一曲《爱拼才会赢》，校长出来致辞，极力肯定了我一番，连前年告知我中考分数的英语老师也附和说："你作文是写得好。当年每逢你的作文出来，我们各个学科的老师都要传看一遍。"

这自然算不上什么成绩。记得这么牢，其实是因为经过两三年的灰暗时光后，我的自信心已经非常脆弱。少年的自傲发自本能，却无以站立。才华需要被看见，被"强大的大人"看见并肯定。而我的老

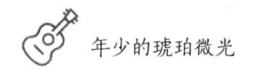

师，并不需要我亲近他，就给了我他所能给的最大程度的肯定。这对我而言，意义非凡。

第二年，我上了高中，从此再没见过郭老师。

之后的岁月中，我被高中老师说过"作文没有灵气"，高考后阴差阳错读了计算机系，毕业后在郑州找不到合适的文字类工作……我跌跌撞撞了许多年，却始终有一种不可摧毁的自信：相信自己所拥有的那点才华，不足以惊世骇俗，却应该可以安身立命。这是他们曾为我加持的底气，他们帮我一起画下的线条，笔墨凝重，轻易不会褪色。

陌路相伴

周诗璟

远远地,她看到了木子,与同伴谈笑风生的木子。她转过身,走下楼梯。

木子和她,已经认识一年多了。

她是一个有点内向的人,总会在明明认识却不是很熟悉的人面前,斟酌好久却开不了口。很巧,木子也是。

她与木子在同一个年级、同一个楼层,经常能碰到。她一眼就能认出木子,木子也一眼就能认出她。可她们从来都没有打过招呼,只是在转角遇见的那一刹那,或眼神闪躲,或犹豫良久,才各自给出一个腼腆至极的微笑,算是两人之间的心照不宣。

当然,偶尔地,她们也会说上几句话,关于学习、考试,但仅此而已。

她回到家,趴在桌上,呆呆地看着台灯倾泻下来的柔和白光。这样的时刻很适合回忆。

她想起她们初次见面时,木子的头发还没有现在那么长,小小的

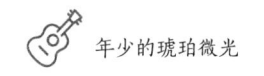

一束，但蓬松黑亮。木子皮肤很白，在人群中极为显眼，即使她视力不好，也能远远地认出木子。

她羡慕木子的美丽外表，身材高挑，让自认为是丑小鸭的她不敢直视。

其实，她并不丑，但如果和一个比她漂亮的人走出去，就会被忽视。小时候，和表妹到阿姨家玩，亲戚朋友一见表妹，就纷纷夸表妹漂亮，她站在旁边，像一个被人遗忘的布娃娃。现在，对这样的尴尬，她已经习以为常了。她在意自己的长相，这使她觉得自己有点虚荣，但她更不想自己成为一个"金玉其外、败絮其中"的人，于是便努力学习。

因为长相姣好，木子从小便受到很多人的赞美。但她不骄傲，她羡慕那些语文、数学、英语、科学门门成绩拔尖的学霸，他们好像上知天文、下识地理，解得了方程式，看得懂电路图，写得了诗词歌赋，说得出纯正英语。每次考试，考场就是他们厮杀搏斗并大获全胜的战场，而她只能做一个在场外默默看热闹的旁观者。

毫无疑问，木子和她，都是对方世界里想要做的另一个自己。面对如此完美的另一个自己，她们却退缩了。

木子阳光、大方。她曾和木子一起参加演讲比赛。可她太大意了，手中的演讲稿被人夺走，一阵嬉笑喧嚷，她追着那个人跑。正值盛夏，汗水把她额前的两绺头发都打湿了。她头皮发烫——当然是被太阳烤的——停下来，眼中满是茫然与无措。她站在那儿，狼狈不堪，又局促不安。她不知道自己为什么会在这里，在身边一大群半生不熟的人面前，她突然失去了勇气。

她蹲下来，有些累了。

闭上眼，听着周围有响亮的笑声，她把头抵在膝盖上，手臂紧紧地环抱双腿，就像一只蜗牛，一只缩在壳里、胆怯无比的蜗牛。她突然发现笑声渐渐小了下去，然后是木子的声音："拿过来！"演讲稿就到了木子的手上。

木子把演讲稿递给她。她抬起头看了木子一眼，又垂下眼帘，轻轻地说了声"谢谢"。

又一次比赛，她和木子都参加了。比赛前她去后台候场，把身上背的包放在地上——那里实在没有其他地方可放了。比赛结束，她拎起包刚想背上，木子从远处走过来，看了看她的包说："脏了，拍一下吧！"她仔细一看，是脏了，于是拍了拍，随后不好意思地笑了笑。

回到学校，老师说要合影留念。照片上，她的笑容十分明媚。

她有些崇拜木子。但她不知道，木子也很佩服她。

她并不像自己想的那么不好。木子之前被老师批评，因为老师说木子上课不认真听讲，眼睛没有盯着黑板。木子辩解说自己并没有不认真，她低着头是在做笔记。老师很生气，她不喜欢和自己顶嘴的学生，于是叫了几个同学站起来，问他们木子上课是不是不认真听讲，有没有看到木子在做笔记。那是一堂数学课，两个班合在一起上，她就坐在木子旁边。木子确实在做笔记，她看见木子做笔记了。可是被老师问到的那几个同学离木子有点远，只能回答不知道。老师问木子的同桌。他看见了，但害怕数学老师，便也说不知道。木子低着头，像极了当时被抢走演讲稿的她。

老师叫到了她。她站起来，有点忐忑。她也怕数学老师——谁不怕呢？回想起当初自己的狼狈和木子的出手相助，她便深吸一口气，抬起头眼神坚定地说:"我看见了,木子在做笔记。"语气不容置疑。老师下不了台。

下课后,她们被请到了办公室,罚站10分钟。她还想争辩什么,突然感到木子的手拉了拉她的衣袖。她会意,两人相视一笑。

思绪拉回。

这就是她们全部的交集,不少,但还没有达到可以随意聊天的程度。至少她们认为,对方不一定记得自己。

于是就这样,在走廊遇见,她俩彼此也基本上不打招呼。

她想:"如果我挥了手,对方没有回应怎么办?"她从小到大,都是被冷落的那一个,她不想让自己再被木子冷落。木子想:"她那么骄傲,如果我微笑了,只收获一个冷冰冰的表情怎么办?"木子害怕尴尬。

这样懵懵懂懂过了很久,她们见面时最多只是点头微笑,觉得这样也没有什么不好。何况她们还有更重要的事要做——备战中考。

什么事都得等到中考结束后再说。这一点毋庸置疑。她们再也没有时间胡思乱想,青春的迷茫、美好全都推到一边——她们要为自己的未来奋斗。

她们在题海中挣扎了一年。

然后,一下子毕业了。

木子的成绩没有她好,于是两人去了不同的高中。她有点失落。巧合的是,她在走出校门时,看到了前面的木子。她终于第一次和木子打了一声招呼。

木子转过头,美丽的脸庞上绽放出灿烂的笑容:"毕业快乐。"

她点点头,尽力挤出一个微笑:"再见。"

"再见。"木子回答。

她们朝相反的方向走去。她想:"我如果能和木子做朋友就好了……"木子也想:"其实我们可以成为好朋友的。算了,就这样吧。"她们又坚定地往前走,谁也没有开口说出自己的心里话。

不说后悔,因为这份答卷,是她们自己填写,并交给青春的。

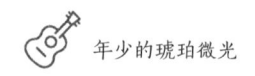

你的青春，曾有一场无声对白

浮海沉鱼

1

转过集市的街角，我看见路边那个卖西瓜的姑娘。她神情专注，依旧是我记忆里的那副模样。

青春似一架纸飞机，落在那个骄阳似火的午后。在那个白衣飘飘的年代，夏日最流行的装扮就是一套白色运动服，配上一双白色运动鞋。新一届的初一新生在报到处排成长龙。

大家都穿着亮丽的白色夏装，队伍里忽然闪过一道格格不入的青黄色，在阳光的映照下，略显刺眼和土气。大家定睛一看，是一个穿着土气、身材胖似一团球、一个人顶过好几个男生的身材魁梧的女生。或许，因为没有其他女生出水芙蓉般的美貌，她很不入男生的眼，又因面相略显蛮横，女生们也将她拒于千里之外。班主任安排座位，快要轮到她时，所有人都往后退了两步，表现出隐隐的厌恶。最后，在班主任苦口婆心的劝说下，一名乖巧的女生勉强答应与她做同桌。

　　她姓庞，因为体形偏胖，一周后便有了"胖莉莉"这个外号。她并未因开学初被大家厌恶而淡出公众视线，反而成了全班同学的重要谈资。当然，这种谈资是带有贬义的嘲弄。英语老师是一位幽默感十足的男老师，喜欢在课堂上营造欢乐的气氛，胖莉莉也成了他口中的常客。不过，老师绝非嘲讽，只是希望让这个不太爱说话，甚至有点自卑的孩子能够勇敢地敞开心扉。

　　与生俱来的自卑，像一双无形的黑手束缚住她的小世界。在很长一段时间之后，我发现，在英语课上的互动环节，她永远都是紧闭双唇，从来不肯吐出一句话；体育课上，所有人都成群结队地簇拥在自己的圈子里，只有她一个人踱步在操场回廊一角，眼睛里闪烁着迷离，似乎正寻思着什么。

　　过于内向的性格，使她处处显得格格不入。同桌也不愿再与她坐在一起，班主任只好把她调离这片热闹的世界，墙角一人的位置成了她的静谧天地。

2

　　初一下半学期，我们班换了新的英语老师。第一堂课上，老师要求每位同学用英语进行简单的自我介绍，坐在最后一排的她，始终不愿张嘴说话。老师是个较真的人，全班其他同学发言完毕后，他依然坚持让性格拘谨的胖莉莉开口说话，可她的嘴就像一道没有缝的门，怎么都撬不开。

　　那晚放学，轮到我制作黑板报。教室里只剩下和我一起出板报的

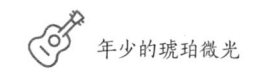

同学，还有胖莉莉。她正认认真真伏在课桌上写作业，强烈的好奇心促使我走到她面前。我的到来惊扰了正在奋笔疾书的她。我们相视一笑，略显尴尬。不过，这是我第一次看到她笑。

也就是在那一天，我第一次听到来自她内心深处的声音。她告诉我，她家以经营水果为生，还外带替人送米，父母每天都要操持生意，放学之后她也得充当家里的劳动力，所以作业一定要在学校里完成。那天，这个内向的女孩还告诉了我她的梦想。

未来接手水果铺的人一定是她。学业对于她而言，已变得无足轻重，甚至从她入学第一天起，她就觉得这条路不会走得太远，终有一天她还是会卸下书山题海的包裹，回到集市的街角接手家里的这份产业。

有了第一次的交集，就会有第二次、第三次……我和她渐渐熟络起来，我似乎成了她在这个无声世界里唯一的有声反射。一次体育课，她旷课了，正好迎面碰见刚下课的我。打羽毛球回来，我已大汗淋漓，她带来的西瓜成了我的解暑利器。"谢谢你啊！"我啃着手里冰凉的瓜瓤，对她憨态可掬地笑着。面对我的感谢，她略显手足无措，摸着后脑勺，像个未经世事的孩子一样对着我笑。

在她无声的世界里，好像也会有情意绵绵的种子，只是种在那里，始终无人问津。长此以往，种子不再坚挺向上生长，而是逐渐枯萎。我这捧及时的甘露，就像在她的世界里下了一场及时雨，使她变得轻快而欢畅。

后来，她常常旷课，因为她要把更多的精力投入家里的生意上。客户预订的大米，有时需要她去送；她爸妈去郊区进货时，她得独自照看水果生意。越来越多的学习时间被占用，她已逐渐丧失了专注于学业的机会。

初一期末考试，榜单倒数第一名，无疑挂着她的名字。不过，看到成绩单的那一刻，她是淡然的，因为她心里清楚，自己不会在这方天地待太久，也许很快就会离开这块没有阳光的沼泽地。

有一晚放学，开学初交上去的寸照发了下来，胖莉莉死缠烂打地要了一张我的照片。我并不想给她，因为在当时，很多人最害怕的事情就是自己巨丑无比的免冠寸照流传出去，那是件很丢脸的事情。看在她态度极为诚恳的份儿上，我才松口答应。

如今看来，那张照片应该没有大肆流传的机会了。

3

全班第一次春游，她没有来。那时，我想以她的性格应该不愿意参加这种集体活动，所以并未在意。春游之后，接连几周的课她都没有来上。我想，大概春季是因为各类水果上新，家里生意忙，她抽不开身来上学。又过了几周，那个胖乎乎的身影，始终没有出现在教室的那个角落里。

学期末，班主任向全班同学宣布，胖莉莉同学要退学了。她在消失了近两个月之后，再次回到众人中间，只不过是来告别的。

一次周五放学后，我和一名同学去学校附近的小街闲逛。我第一次看见了她家的水果铺，就在离学校不远的那条街上。

那晚，我在远处站了好久，她才在忙碌之余瞧见我。我没有走上前，她也没有走近，我俩隔着穿行人流的缝隙，相视微微一笑。她继续操持起面前不大的一片水果铺，仿佛这就是她的全世界。记得她曾

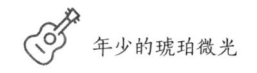

说过，她的梦想是守护好这个水果铺，如今她似乎比我们更快地实现了自己的梦想。

高一那年，我在坐公交车时，隔着车窗看到一个少女骑着水果车迎风而过，身影极像她，我不敢认。不管是不是她，我都相信，她一定已经成了一名优秀的生意人，她的小店铺像很多街头前的水果铺一样，红红火火。

胖莉莉的人生没有太多的波澜，她就像一只小猫，躲藏在自己的无声世界里，用淡然安静的心绪完成了一场青春的对白。

再见，我的大象先生

颜 开

遇到大象先生那年，我 17 岁。高二文理分科后，我们被分进了同一个班级。

大象先生是我们班的班长，身高一米八五，高高壮壮，有着小麦色的皮肤，喜欢在烈日下挥汗打球，性格很随和，对身边人都特别好。到了高中，女生喜欢的男生已经从痞子型过渡到踏实稳重型，大象先生因此光荣登上了"最佳男友榜"。我不止一次从周围女生嘴里听到："以后找男朋友就该找大象先生那样的。"

但我压根儿没有想过和大象先生会有什么交集。

在大象先生之前，我曾短暂地喜欢过一个男生，很清爽干净的那种，又带点可爱，像泡进温开水里的钙奶饼干，给人一种想关心、想保护的冲动。

我是我们班的团支书，一来二去难免和大象先生有一些交集。

一开始，我只是觉得大象先生有些怪怪的。在我偶尔抬起头或者四处张望的时候，发现他在盯着我看，我和他对上目光，他又忽然躲

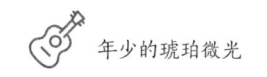

开了。有一天早晨在走廊里跟他偶遇,他羞涩地朝我摆了摆手,可手低得难以察觉。那是我第一次在他脸上捕捉到这样的羞涩,光明正大地打招呼不好吗?

可这些也不足以说明什么,我生怕这是我幻想出来的事,也不敢同别人讲。可是,为什么我幻想的偏偏是他呢?

一个月后,我听见了他和另一个男生的悄悄话。

那天轮到我值日,路过开水间的时候,忽然听到楼梯拐角处有两个人在窃窃私语,我听到了我的名字。

"班长!我和你说,今天你座位下的垃圾可是×××帮你打扫的哦!"说话的是我们班一个叫小周的男生,平常和大象先生走得很近。小周接着说:"你真的喜欢她吗?"

"嗯,喜欢。"我听到了大象先生的声音。

"那你打算什么时候告诉她?"

就在这时,开水间拥进了一大帮人,小小的空间顿时变得很嘈杂。我没有再待下去,一路跑回了教室。

我不知道他为什么会喜欢上我。之后我开始注意大象先生,开始把他从人群中择出来看,开始觉得其实这个男孩子也很好啊!

于是我理所应当地期待着他对我会与别的女孩有所不同,期待能从他那里得到特殊待遇。那应该是这个年纪的女孩都期待的事——有个男生,对谁都冷冷的,对谁都满不在乎,却唯独对自己特别温柔、特别有耐心。

可是我忘了,他是班长,想要维持在大家心中的地位和预期,就必须对所有人表现出耐心。再加上文科班男生本来就少,大象先生也自然成为女孩们有事没事麻烦的对象,甚至连电瓶车没电这种小事都要去找他。

我自然不悦，可是这气又生得没道理。于是我开始在课间跟人聊天的时候有意无意地谈到某某奥赛班的某某男生多么聪明、多么优秀，而且故意说得很大声，就是为了让他听见；在篮球赛的时候，故意不看他的比赛，却跑去给只有点头之交的男生加油；对他羞涩的打招呼不理不睬……而这些都只是为了让他生气。

我曾经在相当长的一段时间里把这种"报复"看作爱情小说里女主吃醋桥段的再现，所以我认定自己喜欢上他了，所以连同以后所有的暗暗较劲，都被我划进了"喜欢"这一层含义。

没错，我开始和他暗暗比较。我们各方面的条件都差不多，同为班委，人缘都不错，成绩也都排在班里的上游。于是，我想法子寻找超越他的突破口：在学习上暗暗下功夫，去学画画，就是为了和他一决高下。只要每次成绩单上的排名我比他靠前，我就开心；甚至在数学课上，老师让我俩一起上讲台做题，如果我的解法比他的更灵活巧妙一点，我就骄傲，觉得好像赢了他一样。

那个时候，班里一个叫倩倩的姑娘告诉我，她喜欢大象先生，很喜欢的那种。

我假装惊讶地问："真的吗？那他喜欢你吗？"

"他好像有一个喜欢的女孩。"

我一下子觉得很骄傲，有一种虚荣心被满足的兴奋，想象如果倩倩姑娘知道了那个女孩就是我，会不会羡慕我。

可惜此后大象先生依旧延续着之前的"风格"和我相处，我也照旧把这场不见硝烟的战争愈演愈烈，比试一轮接着一轮地进行。

直到后来的"玻璃事件"明确表明了我的心意。

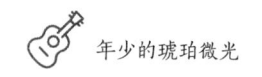

那时已经到了高三的冬天,课业紧张,我们班的男生把所有的户外活动全转移到室内,他们在教室后面的空地上玩球、摔跤。我反对,但无效。

那天大象先生在后面和小周打羽毛球,由于大象先生本来就很高,再加上挥拍很用力,一下子打到了一盏灯上。瞬间,灯管碎裂,玻璃碴儿全落在他身上。

倩倩姑娘是第一个冲上去的,随后,又有两三个女生跟了过去。我看到倩倩姑娘脸上写满了担心和焦急,而我坐在原位上。时间过去了一秒,两秒,三秒,我始终一动未动。半分钟后,看着倩倩姑娘和几个女生帮着大象先生抖落衣服上的碎碴儿,我阴阳怪气地冒出一句:"好了,这下爽了吧!"声音不大也不小,不知道他听见了没有。

那年初夏,5月21日那天,大象先生被表白了。当然不是我,但也不是倩倩姑娘,而是隔壁班和他刚认识3周的一个女生。那天,我看见他们放学一起回家。

那一天,我没有吃晚饭,有一种说不出的憋屈和挫败感,同时又觉得自己有点可笑。我开始怀疑,难道这一切都是我自己编造出来的故事、都是幻想?可一切又是那么真实啊!那一天,同样难过的还有倩倩姑娘,她在卫生间里大哭。看到她的时候,我突然好过了些,竟跑去安慰她。

几天后,在和他竞争班里唯一的优秀生的名额时,我输给了他。落选那天的天色似乎和5月21日那天一样灰暗,我愿意输给任何人,只要不是他就行。

后来有两次我和他在走廊上偶遇,他用一种很复杂的眼神看着我;而我,则选择以一种高傲清冷的目光回应他。

高考结束，不知什么缘故，他和那个女孩也不再联系了。

我曾经把这一切看作一场青春暗恋，但最后我才发现，其实那些所谓的喜欢都是一场不见风暴的、深藏地下的暗暗较劲。我把这种较劲也一并加入这场博弈中了，渴望他喜欢我，只是为了满足一些小虚荣。我自以为赢了那些喜欢他的女孩，也赢了他。

八月长安在《时间的女儿》一书中写道："我和各种人较劲，孜孜以求得到他人的认可，寻找世界上属于自己的坐标，却从来没有真正用心去理解过任何人，也没能看清楚所在的世界。"

这大概是许多人在青春里都会一根筋做的事，不敢公然对抗，又畏惧认输，只好把好胜心掩饰起来，在琐碎的日常里不动声色地较劲，以获取自信和优越感。

在这半真半假的喜欢里，大象先生更多的是扮演了一个假想敌的角色，而这一切，也不过只是我自己的内心戏。

好在如今，我走了更远的路，见了更多的人，不再是个孩子了，也可以跟我的大象先生好好道别了。

再见了，我的大象先生。

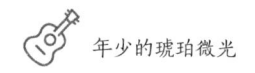

那些出现在我青春岁月里的人

阿莫学长

1

那是第一次,有女孩子红着脸对我说:"能借我十块钱吗?"

她是一个很安静的女生,坐在我前面。我也是从那时候才意识到,原来常年不说话的她,脸红起来居然那么好看。

我开始关注她。她的性格是骨子里安静的那种,跟她说话逗她玩的时候,她就红着一张脸,半天讲不出话来。

于是我改变了策略,在上课的时候,和她一前一后地传纸条。一开始她有点儿害羞,不太敢表达自己的想法。一来二去熟悉了,她的话多了起来。但一到下课,当面和她讲话,她又回到了那副扭扭捏捏的模样。

所以回看整个初三,我从来没有像当时那样期待过上课铃声响起。

其实我们的纸条上写的也没有什么,都是一些无关痛痒的东西。

她爱看动漫、爱看小说。所以我们当时就聊灌篮高手、聊小王子，也聊周杰伦和蔡依林的"八卦"。

后来有一天，我们在上英语课的时候传纸条被老师抓到了，下课后被叫到办公室接受批评教育。

我记得当时她吓得面如土色，大概像她这样的学生还没有被老师叫到办公室训过话。我倒是一副痞子样，时不时回老师两句，满不在乎的样子。

从那以后，她就再也不和我说话了，我的意思是，连纸条也不传了。

那时候我才发现，女孩子之所以话多，是因为她想和你聊天。而在她不想打开话匣子的时候，任凭你千方百计也撬不开她的嘴，费尽口舌得到的是更长的沉默。

我努力了一个月，最终放弃了。

就这样，我们两个人明明是前后桌，抬头不见低头见的，却要装作完全不认识一样。偶尔在走廊碰见，她只会迅速低下头，急匆匆走过去，连招呼都不敢和我打。

因为这件事，我曾一度非常反感英语老师和英语课。

有一次英语老师讲课讲了一半，我把书包扔到了窗外。当时我们的教室在二楼，书包被我扔到了楼下的草丛里。我大摇大摆地从教室走了出去，到楼下捡起书包，翻墙出了学校。

后来班主任通知了家长。

我妈从家里急匆匆地赶过来，扯着我，劈头盖脸就是一顿骂。

我一动不动地站在那里，眼角的余光看到了她从教室门口出来，经过办公室去洗手间。她看见了我，她的脸一下子就红了，像极了一

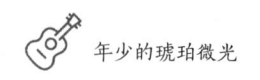

个红彤彤的大苹果。我目不转睛地看着她埋头跑进厕所，再出来的时候，眼睛盯着自己的脚尖走路，顶着"大苹果"一下子又跑了过去。

那段时间正好是我的叛逆期，我妈和班主任都管不了我，再怎么威逼利诱，我就是不为所动。

中考将近，她突然在一天晚自习时偷偷地往我手里塞了一张纸条。我喜出望外，打开来一看，她写道："你考上二中，我就和你做朋友。"二中是当时我们县城里的重点高中。

我开始拼命地学习。那段时间我妈总是和亲戚朋友说，这孩子不要命了，像变了个人一样，不知道是不是中了邪。

但不管是否中邪，努力学习在家长眼里都是好事。

可是结果并不理想，因为我的功课荒废太久了。三个月的苦学只让我考上了比二中低一个等级的学校。

初三的毕业班会上，我们自己搞了一场晚会，她第一次主动过来和我说话，拉着我到一个没有人的楼梯拐角，支支吾吾地不知道要表达什么。

我急了，问她到底想说什么。她更加表达不清楚了。

我忍不住说："可以亲你一下吗？"

她轻轻地"啊"了一声，一脸茫然地看着我，脸唰的一下又红到耳根。

我笨拙地把她的脸捧起来，不顾她一边摇头一边说不要，一下子就吻了上去。

这就是我的初吻了。

后来想想，因为我的冒失，很多人在时间的拐角处说消失就消失了。

年少时候的感情不讲道理，喜欢一个人就要酷，为了引起一个人的注意就捣蛋，大多数时候都是任性而为。

只是没想到，那天在那个楼梯拐角，我们第一次面对面相谈甚欢，十指紧扣，竟然也是最后一次。

如今这么多年过去了，我也再没有和她取得联系。

2

上高中以后，我因为喜欢写东西，认识了一个朋友。

我在理科班，她在文科班。

当时我空有一腔情绪，不知道往哪里发泄，于是诉说的欲望变成了文字，然后将其发表在自己的空间日志上。

那天她歪打正着地进入了我的空间，在空间日志底下留了言。

我的空间日志常年无人问津，写东西也无非是想要有人看，刚好我看到了她的留言，就加了她为好友。

我们什么都聊，看过的书，或者写过的文字，甚至作家的感情史，有时候还会聊到班里的"八卦"。

很奇怪，我们明明刚认识，就可以聊好多东西。而实际上我们在走廊里遇见的时候，只是匆匆地打个招呼便逃也似的回了教室，彼此都很羞涩。

我这个人很奇怪，跟人面对面的某些时候，就像是被点通了任督二脉，变得非常畅聊。

但有的时候就恰恰相反，我会因为见到陌生人、看到不熟悉的人而尴尬万分，不知道开口的第一句话应该讲什么，恨不得有人来救

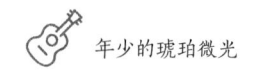

场。

我跟她第一次真正面对面的讲话，是一天晚上在操场上。

那天晚自习，班主任说可以随便看看电影，结果放的电影刚好又是我看过的，为了防止自己大嘴巴剧透被同学揍，我决定一个人到操场上去走走。

我在洒满月光的塑胶跑道上，撞见了正好也在散步的她。

我们同时都被对方吓了一大跳，她惊讶得"啊"了一声。

两秒钟后，我们都为这次偶遇笑得前仰后合。

奇怪，从那时候开始我就不那么紧张了。

后来我想起那个晚上，大概是在昏暗的操场上，我们看不清对方的神色，也无须在乎自己的表达，所以才能像在网络上聊天一样，什么都不在乎，什么都可以说。

她说："我们班的老师可没那么好，让我们看电影。"

她是自己偷偷溜下来的，班里其他人还在辛辛苦苦上晚自习呢。

我说："你们是重点班嘛，成绩好，不喜欢玩。"

她说："重点班也没那么好。其实我挺羡慕你们的，整天打打闹闹。"

后来回想起来，高中也不应该全是学习和作业，总得有点别的才对。

那天晚上我们聊了很多，从写东西聊到文学，从村上春树聊到班级"八卦"，也不知道是怎么串联起来的。聊到口干舌燥的时候，她突然问我："要不要喝水？"

我说这里到小卖部还有一段距离呢。

结果她像变戏法一般，从自己的身后摸出来两瓶水。

我惊讶地问她:"你怎么做到的?"

她神秘地眨眨眼睛,说:"我藏在这里的,喝不喝?"

之后的聊天内容我已经记不清了,只记得晚自习都下了,一群人从教学楼涌回宿舍,我们两个还毫无察觉。

最后保安巡逻学校,在操场另一头远远地晃动手电筒,大概是听到有声音,所以大喊了一声:"谁在那里?"

这个时候我才猛然反应过来,没有按时回寝室是要受处分的。趁着保安还没有过来,我拉起她的手就往宿舍楼的方向狂奔。

我到现在还清楚地记得那时候的感觉,吹在脸上呼啦啦的风,远处的宿舍楼,身后保安的叫喊声,我和她急促的呼吸,还有脚步落在塑胶跑道上哒哒哒的声音,像一首轻快的歌。

我们好不容易才跑到宿舍楼下,劫后余生般地喘着粗气,相视而笑。

她把自己凌乱的刘海随便理了理,笑着说:"第一次这么疯狂地跑,吓得我心脏都快跳出来了。"说完,她还扭头看看后面,再次确认保安有没有追上来。

我说:"你赶紧上去吧,别等保安过来了,搞不好咱们两个还得去教务室挨训。"

她点点头,说:"好,谢谢你今晚陪我聊天。"

然后,她像一只兔子一样,蹦蹦跳跳地跑上去了。

说来也怪,那时候,我觉得我们是可以成为无话不谈的朋友的。

但是从那之后,不知道为什么,每一次我们在走廊里遇见,还是有那种说不清楚的感觉,甚至连打招呼都觉得怪怪的。

那种羞涩和不敢表达,过了一夜,好像又回到了我们身上。

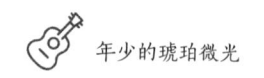

偶尔，我们能够在手机上聊整整一个下午，但每一次见面，我们都是匆忙打完招呼，就各自回了教室。

我有时候甚至还会忐忑地想：我打招呼到底打得对不对？表情没问题吧？笑容应该不至于给她留下坏印象吧？

说来好笑，两个人像是刚刚认识的朋友，小心翼翼地相处，小心翼翼地说"嗨"。

但是后来想想，可能正是因为这种小心翼翼，我们才能够长久地聊天；正是因为这种小心翼翼，万分顾及彼此的感受，我们才能成为几乎没有人知道的最好的朋友。

然而到了高二的下学期，她突然在手机上跟我说，她要转学了。

她的户籍不在我们这个地方，要回到原籍去高考。

当时我心里有点儿失落。

直到她走的时候，我们再也没有面对面聊过一次天。

好像悄无声息地，她就从我们学校离开了。

后来很长一段时间，我们在网上聊天，她给我说她的新学校，说她又结交了新的朋友。

等到我上高三的时候，各种补课和考前冲刺几乎占用了我全部的时间，我们渐渐就断了联系。

高三寒假的时候，我去上海参加作文比赛，我用手机给她发短信，说我要去参加比赛，但她没有回我。

从此以后，我们再也没有任何联系。

其实，对那段美好的友谊，我还是蛮怀念的。

3

回想我的整个青春时代,其实并没有发生过什么轰轰烈烈的事。

那些吱呀作响的老风扇,昏昏沉沉的夏日午后,老师拿着粉笔在黑板上写字的声音……一切都是那么的不起眼,甚至我都差点忽略了它们的存在。

但当我离开了校园,开始踏入社会的时候才突然想起,那些夏日午后错失的她们,终究不再可能以同样的方式回到我身边了。

想起上大学时,电影《同桌的你》上映那天,我们学生会的人不知道哪里来的兴致,组织大家一起去看。

那时候,当大家在电影院里因一部青春文艺片而感动得哭得稀里哗啦的时候,大概心里也隐隐明白,那些校园时光就好像呼啦啦的风一样,一晃也就过去了。

那些纠缠在其中意味不明的爱情和友情,那个怦然心动的时刻,也早就一去不复返了。

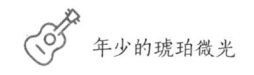

那段没有姓名的时光是青春

刘 斌

寒冷的夏夜

小时候，我常常觉得只要穿上花裙子，身边人的目光就都会围着我打转；披上被单，自己就是超人，可以拯救全世界。这种盲目自信在我的体内驻扎下来，并恣肆地长成一棵茂盛的大树，多年来从未被移植。所以当我看到我那让人无比难堪的高考成绩时，比起悲伤，更多的是不服气，我第二天就毫不犹豫地去了复读班。

复读班被安排在学校的另一栋楼，与高三年级正好面对面。每次经过走廊，我都尽量低着头匆匆走过，生怕看见对面楼上不屑的表情。寝室每晚 11 点准时停水，晚自习结束回来，我们经常赶不上洗澡，寝室里总弥漫着一股酸臭味。几平方米的地方挤着 8 个人，每次回到自己的床铺像穿越火线一样艰难。寝室里唯一的一台电风扇没日没夜疲惫地转着，蚊子吵得人心烦意乱，成堆的试卷，无论做多少遍依然错的数学习题……我看着窗外的溶溶月色，暗想：难道我的人生就这么糟糕吗?

那个夏夜,我被冻醒了两次,我翻出棉被把自己裹得密不透风,却还是觉得冷,脸上凉凉的,原来是流泪了。我看到自己惨不忍睹的高考成绩时没有哭,涨红着脖子与父母据理力争时没有哭,目送小伙伴拿着录取通知书踏上远方的火车时没有哭;可在那一刻,我感到无比恐惧,害怕自己燃烧到最后还是要承认自己的失败。

冷冷清清的月光铺满床,远处的汽车匆匆驶过,留下寂寞的白光,或明或暗……

橘子姑娘

橘子姑娘是9月底进入这个班级的。她个头不高,白白胖胖,身上散发着清新的橘子味。课堂上,我的后背被人轻轻戳了两下,回头,秋日的阳光刚好透过窗外的榕树倾泻在她的脸颊,我看不清她的表情,只见到一排亮闪闪的牙齿:"嘿,吃橘子吗?"

橘子姑娘是个精致的美食家。中午,当我们都在以百米冲刺的速度冲向食堂时,她慢悠悠地踱回寝室,从衣柜里翻出藏得严严实实的电饭煲,煮一碗香喷的红豆饭,拌上一勺牛肉酱,吃得满面春光。"食堂的饭菜又冷又硬,有一次,我在糖醋排骨里吃到了'小强'的胡须,你没有听错,是'小强'!"橘子姑娘好像是在说某个天大的秘密一样,表情夸张得像某牙膏广告上的海狸,右脸的酒窝一会儿深一会儿浅,"如果吃不好,我一整天的心情都会不好的。"作为一名资深的"吃货",我无比赞同这条"橘子定律"。于是,每个星期天我和橘子姑娘都会有一段美食之旅。当其他人还在书海里埋头苦战时,我

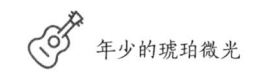

们会溜出学校,坐一个多小时的公交车去市中心觅食,买沾着透亮露水、带着油绿叶子的橘子吃。

橘子姑娘和《大话西游》里的唐三藏一样,只要逮到机会,她非得给你来一场声情并茂的演讲不可,活脱脱一副天赋型相声演员的模样。我喜欢这个率真、有趣的姑娘。

考前的两个月,我常常会在夜跑的时候看见一些熟悉的身影躲在树下抽泣,他们的影子越缩越小,很快就被夜色吞没了。像所有复读生一样,我那时也时常感到慌张、无助,但可能是和潇洒、乐观的橘子姑娘相处久了,我开始觉得世事皆可原谅,所有愿望都会如期而至。

我轻轻地跑远,怕打扰了一个隐藏故事的夜晚。如果没有人能理解这段灰头土脸的日子,那至少现在生活在同一个世界里的我们,需要彼此无声的支持。

毽子先生

哈尔滨的冬天又冷又湿,仿佛整个人浸在冰水里,呼吸间都是难忍的寒冷。我们把窗户关得死死的,不停地搓手跺脚,可还是无济于事,耳边咳嗽声、擤鼻涕声此起彼伏,笔下的数字也变得模糊起来……

一天数学课后,班主任突然变戏法似的掏出几个鸡毛毽子,一脸狡黠地笑着:"全体起立!去走廊踢毽子。""天啊!"我们面面相觑,哭丧着脸,不停地抱怨老班的独裁专制,不情愿地趿拉着步子走到室外,北风立即粗暴地在袖子和领口间奔逐,一脸凌乱的我们,如一尊尊石化的雕像。"快，踢起来！踢起来就不冷了！"一个、两个……人群慢慢有了动静。"呼哧呼哧"，我们身上冒着热气，每个人头顶都有一朵轻盈的"蘑菇云"。老班不知道从哪里弄来了一个开水瓶，他走到我们的桌前，一个一个拧开我们的保温杯倒入热水……

在老班的"监管"下，每天下课踢20分钟的毽子成了我们班的保留项目。

到了元旦，隔壁楼张灯结彩，衬托得我们这栋楼越发惨淡。课上，我们眼巴巴地瞅着老班，他犹豫了一会儿最终还是说："你们想办元旦晚会吗？""老班万岁！"

那天的元旦晚会发生了什么我已经不完全记得了，只记得老班抱着吉他弹唱了一首夏小虎的《人生》："当夕阳照亮了肩膀，一寸寸缩短着梦想……当我高举理想的火炬，天空却刚好下起了大雨，命运啊，能否改变慈祥，给我不会坠落的翅膀，在天空，努力地飞翔，沿着从不平坦的方向……"舒缓的旋律中，我们默默地在后墙的梦想榜单上一笔一画地写下自己理想大学的名字。未来道阳日长，感谢老班在那天给予了我们完完整整的快乐，让所有的悲伤都绕道而行。

距离高考只剩一个多月，我们一个个皮肤粗糙、灰头土脸，像刚从地里刨出来的洋芋蛋。镜子里的自己，眼皮因为熬夜而浮肿，脸上堆着起皮的碎屑，一个多星期没有洗的头发贴在额前。

在复读班的每一周都会有人进来或离开。这里在某种意义上其实接近于金庸笔下专门用来修炼武功的暗室，它无法保证每一个人都能咸鱼翻身，修得绝世神功，但至少从这里疗伤出去的我们，不会显得太脆弱、太狼狈。

年少的琥珀微光

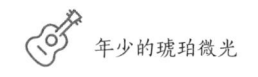

时光无名

那段复读的日子,就像是在啃一块过期的面包,又干又硬,但为了填饱肚子,我们别无选择。幸运的是,橘子姑娘和老班的出现,让我的面包上多了一抹乳酪的香醇与甜腻。我曾经以为,第一次高考落榜对我会是毁灭性的打击;如今看来,人生的很多部分,之前觉得是浪费、多余、无趣的,在抵达终点的那一刻都具有出乎意料的意义。

无数个深夜,我和橘子姑娘做完习题,锁好门,穿过无人的走廊,站在楼梯口,用尽全身力气大喊一声,声控灯一盏接一盏地在黑暗中亮起,便觉得未来还是亮堂的,我们会永远勇敢无畏地走下去,哪怕这段时光没有姓名,不为人知。

青春里，那场不可小觑的味蕾江湖

马海霞

小城里的火烧铺不少，但唯有桥南火烧最勾人魂魄，皮薄馅多，吃时需要用双手捧着，不然肯定会撒了馅儿。

我妈每次进城赶集，我都嘱咐她，去桥南买几个火烧回来。盼了半日，中午放学回到家，我一进门就满屋子嗅。我妈说："收起你的狗鼻子吧。我去时看买火烧的人太多，估计等一个小时才能排到，便想赶集回来再买，可回来时却发现老板收摊了。"

我的脸一下子拉得老长，这表情被我妈发现，她回我几个白眼儿，吼道："卖火烧的收摊早了，怪我吗？"

我妈正因为没买到火烧而懊恼呢，情绪没地方发泄，见我甩脸子，便不由分说地骂起我来。

后来，当我妈再次没买到火烧时，我就赶紧挤出一个微笑的表情奉上，假装不在意，以示安慰，果然母慈子孝、平静和谐了。

上高中时，学校离家五六里地，我走读，午饭在学校解决。这下可迎来了味蕾的春天，我上学路经桥南，馋火烧时，再也不必喝老妈

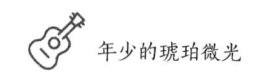

的"白眼汤"了。早上在桥南火烧摊买一个肉火烧、一个素火烧,装书包里,香味儿能飘半间教室。

全班的走读生中就我和C同学中午在教室吃饭,那时男女生之间不太说话。我坐在最前排,他坐在最后排,我回头瞥他一眼,他一手拿着馒头,一手拿着香肠,我取出一个大肉火烧,各吃各的。C同学吃饭速度快,吃完便离开教室去操场打篮球了。

一周后,C同学路过我身边时,突然停下来问:"火烧是在哪里买的?"

我回答:"桥南。"

"明天帮我也捎两个。"他说完,递给我钱和半根香肠,快步走出了教室。

"吃人嘴软"呀。第二天,我提前20分钟起床,确保上学时能买到火烧。别小瞧买火烧,这可是一件考验耐力和体力的活儿,每次买都需要排队等候,前面有五六个人算是幸运,有10多个人是常态。最怕前面有人一下子买好几个,后面的人便遭殃了,两根铁管子一次只能烤十几个火烧,他一个人便能消磨掉10分钟。

C同学吃了两顿我买的桥南火烧,我便成了班里的"香饽饽",十几名住校的同学都让我帮他们捎火烧。

善门难闭呀。翌日,我摸黑骑车直奔桥南,还算幸运,起了个早,排在第五个。等轮到我时,我一个人包揽了两炉半火烧。但只此一次,我发誓以后再也不替同学捎了。因为我买火烧时,感觉到背后一片冷眼,嘀咕声此起彼伏,后面的人都嫌我一次买得太多。再说,走读生"伤不起",谁愿牺牲睡眠时间替别人义务代购呀。

都是关系不错的同学,直接拒绝容易得罪他们,我只好撒谎说:

"我家搬家了，上学路线变了，不再经过桥南了。"从那之后，再买火烧时，我让卖火烧的师傅帮我包上三层纸，套两个塑料袋，我再用毛巾包好，才塞进书包里。以防被周围的同学闻到火烧味儿，谎言被揭穿。

上午的下课铃响过之后，我假装做作业，等C同学吃完走出教室，我再取出火烧开始吃。吃完还要打开门窗散味儿。

有一天，我妈包了饺子让我带着当午饭，下午下课后，同桌神秘地问我："你今天没吃火烧吗？"

我眨巴着眼看她，不敢吱声儿。她笑着说："今天你说话时嘴里没火烧味儿。"听她这么说，我脸都没地方搁了，赶紧拉住她的手，低声说："我是没办法，不信明天早上你去桥南看看，排队的人乌泱乌泱的，实在没时间替大家捎呀。但你例外，以后如果你想吃火烧，我肯定给你捎。"

同桌诚恳地说："理解，理解，不捎也没事儿，我保证不会出卖你的。"

她的这番话彻底感动了我，以后只要她想吃火烧了，我必定给她捎，风雨无阻。因为几个火烧，我跟同桌在高中3年里亲如姐妹，毕业后直到现在，依然友情笃深。

C同学大学毕业后留在外省工作。一次我到他所在的城市出差时，C同学做东，请我吃饭。聊起过去，他说，高中时对我的记忆充满了火烧味儿。我不好意思地坦白了，当年说搬家是谎言，其实是每次都要排队等很久，实在没时间等。

他笑着说，他早知道了，我"罢买"后的第三天，他的馋虫被勾上来了，专程去桥南买过一次，远远望见我在排队，吓得赶紧躲进胡

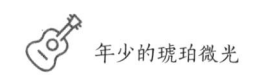

同拐角处，怕弄得我难堪。当然，他从未对其他同学说过这件事，也没敢再去买过火烧，怕遇到我，徒增尴尬。

10年前，桥南拆迁，火烧摊也不见了。有人说，旧村改造，桥南居民分房分钱，谁还干卖早点这个累人的差事；也有人说，火烧摊夫妇的儿子在外地工作，老两口去帮儿子带孩子了。

自那以后，我再也没寻到合口的火烧，味蕾像丢了一位老朋友，黯然神伤了好久。但那些年因桥南火烧而引发的故事一直萦绕在青春上空，星光闪烁的记忆中总能觅到包容、理解和感动。想一次，暖一次。